CANESI & RAHMANI

SIAMOISES

roman

naïve

Des mêmes auteurs, chez le même éditeur :

Alger sans Mozart, 2012

À Nicette
À Laurent Bonelli

LA FÊLURE

Marie

Il fait nuit.

Enfin !

Maman l'a enfermé dans la chambre.

Je sais où elle cache la clé. Là, sous le tapis du couloir.

Je prends la clé, j'ouvre la porte de la chambre, je remets la clé sous le tapis, j'entre et je referme doucement la porte.

Il est allongé sur le lit en pyjama bleu, pieds nus.

Il a de grands pieds !

Il est beau.

Il ne bouge pas.

Quand je l'embrasse, il est froid, ses oreilles, ses lèvres, ses mains sont bleues. Je lui parle, il ne répond pas.

Maman a dit : « Papa est mort. »

Alors, c'est ça la mort, c'est bleu et froid, ça ne bouge pas, ça ne répond pas.

On sonne, maman monte l'escalier avec quelqu'un. Je me cache derrière les rideaux de la fenêtre, près du lit.

– J'étais pourtant sûre d'avoir fermé la porte à clé, dit-elle en entrant.

Une dame la suit, deux grandes valises à la main.

Je vois tout ce qui se passe. La femme a un gros derrière, des mollets tout ronds, des cheveux coupés courts et des lunettes.

Elle demande à maman :

– Pouvez-vous me donner les vêtements qu'il portera ?

Maman sort de l'armoire un costume noir, celui qu'il mettait pour aller au restaurant, le soir. Une chemise blanche, une cravate rouge écarlate, des chaussettes grises.

– Vous êtes sûre pour la cravate ?

– Oui, je veux la rouge.

– Très bien... J'en ai pour une bonne heure, dit la femme en fouillant dans ses valises.

Elle en sort des bouteilles pleines, des flacons vides, des tuyaux, deux paquets de coton. Elle déshabille papa, il est tout nu, elle lui tourne la tête vers moi et, avec un couteau, fait un trou dans le cou. Dans le trou, elle met deux tuyaux. Elle pose une bouteille pleine d'un liquide rose sur la commode près du lit et un flacon sur la moquette, elle plante un des tuyaux dans la bouteille et l'autre dans le flacon. La bouteille se vide dans papa, quand elle est complètement vide, elle la remplace par une pleine. En même temps, le flacon par terre se remplit de rouge. C'est drôle, le liquide entre rose dans le cou de papa et en ressort tout rouge ! Au bout d'un moment, c'est moins rouge dans les bouteilles, elle enlève les tuyaux, prend du fil et coud le cou de papa. Elle le tamponne avec des compresses, lui met du coton dans la bouche, les oreilles, le nez et le derrière. Elle le pique avec des grosses seringues pleines d'eau jaune dans le ventre et la poitrine. J'ai les yeux et la gorge qui brûlent, ça sent mauvais, je pleure, il ne faut surtout pas que je tousse !

La grosse dame sort un pot de crème rose et un tube de rouge à lèvres d'une sacoche, elle maquille papa. Elle l'habille, le place au centre du lit, maman a oublié de donner les chaussures, elle cherche dans l'armoire, il n'y en a pas, elles sont dans la salle de bains ; alors, en attendant, elle lui enfile une paire de pantoufles. Il est bizarre, papa : habillé comme un prince avec des savates aux pieds.

C'est fini, elle range son matériel dans les valises. Ça pique de plus en plus ! Elle vient en toussant ouvrir la fenêtre et me découvre derrière les rideaux :

– Mais... qu'est-ce que tu fais là ?

– Je veux rester avec papa et maman ne veut pas.

– Elle a raison ! Ton papa n'est plus là, il faut t'habituer à ça.

– Ne lui dites pas que j'étais avec vous, s'il vous plaît.

– Sauve-toi vite.

– Laissez-moi l'embrasser avant.

Il est rose, il dort, je l'embrasse, il est toujours aussi froid.

Maman vient dormir dans ma chambre, elle dépose un matelas en mousse au pied de mon lit, je l'entends renifler.

– Pourquoi es-tu venue ?

– Pour rester avec toi, pour que tu ne te sentes pas trop seule.

C'est papa qui doit se sentir seul là-haut. Pourquoi n'est-elle pas avec lui ? Bientôt, Sophie vient nous rejoindre. Elle se glisse dans mon lit. Je surveille leur respiration, maman ne renifle plus, elle doit dormir, Sophie aussi. Je regarde l'heure sur mon réveil Mickey, une heure et demie. Je me lève doucement, sans faire de bruit, j'enjambe la tête de lit et grimpe au premier, maman a encore fermé la chambre, la clé est toujours cachée sous le tapis. J'entre, ça pique encore un peu, j'ouvre la fenêtre. Il fait clair, la lune brille, elle éclaire papa. Il est allongé les bras croisés sur le ventre, je m'approche de lui, il sourit. Mon petit papa, je suis là, je ne t'abandonne pas, moi. Je m'allonge contre lui, je lui caresse les mains, les cheveux, j'aime ses mains pleines de poils et ses cheveux noirs et blancs. Poivre et sel, dit maman. Je l'embrasse sur les joues, il pique, sa barbe a poussé.

Il n'est pas mort !

Il fait peut-être semblant de dormir.

Je t'aime, mon papa, tu es glacé, il faut que je te réchauffe, l'air du dehors est froid, je te frotte les jambes, les bras, j'enlève tes pantoufles et tes chaussettes, j'entoure tes pieds avec les miens. Je caresse encore tes cheveux, tu fais pareil quand tu me réveilles le matin, tu vas peut-être te réveiller aussi.

Tu es à moi, je défais les boutons de ta chemise, je touche ton ventre, ta poitrine, c'est doux. Je baisse la fermeture éclair de ton pantalon. La grosse dame t'a mis un caleçon de soie bleue.

Un oiseau chante, maman dit que c'est un rossignol, d'habitude il chante au printemps. Il est amoureux d'une rose ; moi aussi je t'aime, papa, je vais t'embrasser partout en chantant.

Je fredonne *À la Claire fontaine*.

Tu ne respires plus, si je te faisais respirer, peut-être que tu te réveillerais ?

Tu as plein de coton dans la bouche, il faut le retirer, voilà, je mets mes lèvres sur les tiennes et je souffle, comme j'ai vu faire le docteur cet après-midi. Allez mon papa, respire s'il te plaît...

Tu ne veux pas respirer.

Je suis fatiguée, j'ai sommeil, je vais dormir sur ton épaule et demain on se réveillera tous les deux.

Maman m'a trouvée dans tes bras, entortillée dans le couvre-lit, elle a dit : « Oh, mon Dieu ! » en m'arrachant à toi.

Sophie

L'automne à peine, belle saison pour mourir. Octobre, le mois où la mort se farde, c'était son mois préféré. Comme elle, il aimait la beauté qui s'altère.

Dans la petite église gothique remplie de famille et d'amis, un prêtre bavard et déplaisant discourait sur mon père qu'il ne connaissait pas : un homme épris de beauté qui avait atteint les limites de l'esthétisme. Je ne comprenais pas. La mort et la beauté sont toutes deux divines, elles sont l'éternité.

Maman avait choisi des poèmes et des chants. La voix pure d'un enfant de la chorale de Neufchelles montait dans la demi-lumière qui effleurait les pierres :

Nous te rendons grâce pour tant de tendresse...
Père, c'est toi mon Dieu, c'est toi que je cherche.
Toute ma chair après toi languit.
Je veux ton amour pour guider ma vie,
Mon âme a soif, a soif de toi.

Mes lèvres diront sans fin ton éloge.
Toute ma vie, je veux te bénir.
Je veux à ton nom élever les mains.
Nous te rendons grâce pour tant de tendresse...

Je pleurais, Marie pressait son épaule contre mon dos. Nous sortîmes, il faisait doux, de cette douceur qui meurtrit.

Autour de l'église, le cimetière ceint de vieux murs de pierre étalait ses linges de marbre froid. Au-delà des murs, le village. Les maisons centenaires et paisibles croulaient sous les vignes rougissantes. Les cheminées fumaient. Face à nous, la forêt. Des arbres immenses à l'infini ; mer verte juste retouchée de jaune et d'orange. Bel endroit pour dormir, bel endroit pour l'éternité.

Dans le ciel s'étiraient de fins nuages aux multiples nuances de fin d'après-midi d'automne. Le soleil partout, sur les fleurs, les arbres, les tombes, sur le visage blafard de grand-mère soutenue par mes tantes. Elle ne pleurait pas. On l'avait sortie de sa chambre pour la cérémonie, son sempiternel tuyau dans les narines et sa machine à oxygène dans un sac Fnac doublé. Elle s'affala sur un fauteuil pliant.

Son visage était plus dur qu'à l'ordinaire. Elle avait exigé que papa soit enterré ici, à quatre-vingts kilomètres de Paris, dans le caveau familial. Il me serait impossible de le visiter chaque semaine.

La tombe était béante, quatre hommes très concentrés descendirent le cercueil dans la fosse à l'aide de cordes plates passées dans les poignées. La bière hésita longtemps, ses bords cognèrent le marbre.

– Je veux voir Étienne une dernière fois, cria grand-mère.

Maman et oncle Paul l'aidèrent à se lever, elle se tint face au trou profond, seule et droite, les mains appuyées sur sa canne noire. Elle arracha deux roses d'une couronne, seulement deux, et les jeta sur le cercueil. Une larme coula sur son visage ridé, une seule. Je ne l'avais jamais vue pleurer.

Marie se détacha soudain de moi, s'approcha de grand-mère, saisit sa main et tenta de la traîner vers le trou. De toutes ses forces.

– Prends sa place, hurla-t-elle, je te dis de prendre sa place !

Grand-mère résista, trébucha puis tomba. Le tuyau d'oxygène chut à terre en chuintant. Oncle Paul se précipita, prit ma sœur dans ses bras, la déposa brutalement près de moi et dit, menaçant :

– Reste là et ne bouge plus ! Sinon...

Ma mère s'approcha pour un dernier adieu, elle ne pleura pas. Elle serra les lèvres. Son visage se concentra tout entier autour d'elles, autour de cette crispation, comme si la douleur était honteuse.

Ma douleur est plus belle que ta retenue, maman.

Les gens défilaient, papa se couvrait de fleurs. Marie s'était collée à moi, je sentais sa chaleur. J'avais acheté deux médailles miraculeuses : une Sainte Vierge laquée de bleu priait sur l'acier. J'en donnai une à Marie. Nous les offrîmes à papa.

Peu à peu, le cercueil disparut sous la terre.

Je marchai dans le cimetière. Par-delà le mur d'enceinte, des centaines d'arbres décalqués sur le bleu du ciel murmuraient. L'église brillait dans l'éclat du soir, des colonnes de pierre blonde soutenaient le clocher, ses tuiles couvertes de mousse humide miroitaient dans le couchant. Un gigantesque tulipier se dressait, ses deux troncs s'épaulaient l'un l'autre. Qui me soutiendrait désormais ?

Marie prit ma main.

Maman convia tout le monde à Saint-Cloud.

Dans la voiture qui nous ramena à Paris, elle dit à oncle Paul qu'elle ne pourrait pas garder la maison : trop grande, trop chère.

À la douleur de la mort, elle joignit celle de l'exil.

Cette maison, papa y avait mis tout son cœur, choisissant chaque objet, chaque meuble, jusqu'à la couleur du gravier des allées du jardin ; je n'imaginais pas vivre ailleurs, alors que son cœur y battait toujours.

Maman avait placé des lanternes partout, papa était fou de lumières. Elles brûlaient dans les arbres, sur la pelouse, aux fenêtres, éphémères comme sa vie. Bientôt, la féerie de pacotille laisserait place aux ténèbres.

Une alcôve de pierre... L'été, papa y installait son fauteuil d'osier et lisait le journal à l'abri du soleil. Maman avait tourné le siège face au mur, deux bougies l'encadraient. Elle aurait dû disposer deux cierges pour parfaire la mise en scène.

La maison scintillait comme un arbre de Noël. Douloureux éclat qui soulignait l'absence. Papa était partout. Il allait paraître, son parfum flottait encore. Ses cigarettes, son briquet attendaient ses lèvres. Il souriait sur dix photographies, j'effleurai son visage du bout de mes doigts.

Sur une table, ses dernières acquisitions à Drouot ; la peinture d'un bras tendu et deux fragments de statues : des pieds romains. Ses livres ouverts s'étalaient sur le sol, jardins d'Angleterre, jardins de France, jardins du monde, il adorait les fleurs, les arbres et l'Italie.

– Un jour, je t'emmènerai en Toscane, avait-il promis. Nous partirons tous les deux, seuls. En amoureux...

Dans l'orangerie, les tables de banquet étaient couvertes de victuailles, le vin coulait. Les convives plaisantaient, riaient et pleuraient. Ambiance équivoque, c'était la première fête à laquelle il ne participait pas. Je guettais l'entrée avec le secret espoir qu'il viendrait. En vain.

Je courus me réfugier dans ma chambre et fondis en larmes, la tête enfouie dans l'oreiller. Marie me surprit bientôt et chuchota en pointant son index dans le cœur :

– Pourquoi tu pleures ? Il est là, pas dans la terre !

La mort de papa nous rapprocha, Marie et moi.

Nous vivions dans deux mondes parallèles. Nous nous croisions sans vraiment nous voir. Elle était ma sœur, nous avions le même père, la même mère, nos liens se résumaient à cela. Elle était venue bien après moi, nous n'avions pas d'intérêts communs. J'avais mes amies, des cours de danse et de piano, il n'y avait guère de place pour elle.

La mort de papa changea tout, il était notre Dieu. Le monde rétrécit, la vie devint plus dure, nous dûmes déménager, je changeai d'école, perdis mes copines. Maman n'avait plus les moyens de payer les cours de solfège, et d'ailleurs je n'avais plus de piano, l'appartement était trop petit. Je sortis de ma vie, je m'étiolai.

Un soir, Marie arriva, son oreiller sous le bras, et me demanda de sa voix pointue de lui faire une petite place. Une fois installée, elle se mit à babiller, à parler de sa maîtresse, ventrue fessue, de ses camarades laides et méchantes, de sa journée passée à regarder les nuages se pommeler par les fenêtres de la classe, de la pluie qui tombe et des gouttes qui se fragmentent sur les vitres, de sa voisine de devant, rousse avec des anglaises.

Son grand jeu ?

Enfiler des crayons dans les anglaises d'Emma, la pincer pour qu'elle tourne brusquement la tête. Et patatras ! Tous les crayons dégringolent.

Je ris, mon premier rire depuis des semaines.

Tous les soirs, nuit après nuit, Marie revenait. Elle racontait sa vie d'écolière, de lycéenne, d'étudiante...

– Que se passe-t-il ? criait maman quand elle entendait rire, il faut dormir maintenant !

Marie baissait la voix et nous étouffions nos rires dans les couvertures. Puis, elle racontait papa, sa dernière nuit avec lui, tout contre lui. Le rossignol amoureux de la rose et la lune blanche sur le visage grimé de rose. La cravate rouge, premier cadeau d'amour de maman, la thanatopractrice choquée ; comme s'il fallait toujours vêtir les morts de noir.

Papa si froid qu'elle tentait de réchauffer.

Papa qui ne respirait plus.

Papa mort qu'elle voulait vivant.

Elle racontait papa, encore et encore.

Je souriais et je m'endormais.

La mort de papa m'éloigna de maman.

Je supportais mal son amour des fleurs ordonnées, des allées sages, des arbres taillés, des mauvaises herbes arrachées.

Pourquoi mauvaises, maman ? Si l'ortie et la rose sont de nature divine, pourquoi l'une serait-elle meilleure que l'autre ?

J'aimais les herbes folles qui raillaient la vanité des jardins à la française, les herbes filles des vents rebelles, ivraie dans la froide beauté humaine. Maman détestait les jardins à l'anglaise, la profusion maladive, les mélanges d'espèces et de couleurs. Rien de plus beau, pour elle, qu'un jardin vert ou blanc. Monochrome, sans surprise.

Enfant, indifférente à leurs piqûres, je rêvais de bosquets d'orties blanches et de ciguës, de brassées de chardons violets piquetées de bourraches bleues, de bouquets de pissenlits ébouriffés à la moindre brise, de ma chevelure couverte de leurs graines fragiles et vaporeuses, infimes parachutes de vie.

À Saint-Cloud, j'avais un carré secret dans le jardin. L'été, j'y cultivais des boutons d'or, des bleuets, des achillées, de l'amarante et des armoises. Quand maman le découvrit, elle brûla tout. Comme je pleurai face au carnage, elle asséna :

– Pas question de laisser croître ces horreurs. Elles vont contaminer le jardin...

Tout devait être rangé, structuré, coupé à bonne hauteur, soigné. Elle couvrait les rosiers d'un horrible insecticide qui barbouillait de blanc les feuilles vernissées.

– Contre la rouille et l'oïdium, expliquait-elle.

Moi, j'aimais ces stigmates, ils étaient la vie, ils annonçaient la mort. J'aimais les pucerons, les cochenilles et les limaces. Maman rêvait d'un monde domestiqué, régulé par la Science. Quand nous tombions malade, le mal ne devait pas s'installer, le médecin de famille était convoqué et, pour le moindre rhume, c'étaient antibiotiques, aspirine et vitamines.

Seul papa résistait, jusqu'au jour funeste où elle insista tant qu'il finit par céder.

– Trois jours de fièvre, c'est anormal !

– Ce n'est qu'une grippe.

– Qu'en sais-tu ?

– Je connais mon corps.

– Je le connais aussi... Consulter n'engage à rien, fais-le pour me rassurer, je t'en prie...

Il consulta et c'est ainsi que maman tua papa.

Papa était le ciment de nos vies. Lui parti, mes jours s'effritaient. Mes nuits s'étiraient comme des hydres, toutes hideuses et différentes. Je ne voulais plus revoir le film de sa mort. Je ne voulais plus vivre l'absence, ce reflet implacable et douloureux du passé.

– Je ne veux plus vivre. Marie... ne me regarde pas comme ça !

– Ça servira à quoi que tu meures ?

– Ça sert à quoi que je vive ?

– À me faire vivre. Tu m'imagines seule avec maman ? Tous les soirs, dans la cuisine, elle parlerait de papa et de toi. Et puis, tous les dimanches, on irait à Neufchelles avec deux bouquets de fleurs. Si tu t'en vas, je pars aussi. On a un tas de choses à faire toutes les deux, tu as vu comme on rit, comme on est bien ensemble. On va grandir l'une contre l'autre et vivre l'une pour l'autre. Papa sera toujours le ciment de nos vies.

– Tu ne m'abandonneras jamais ?

– Jamais ! Où tu seras Sophie, je serai Marie.

– Après la vie aussi ?

– Partout, par-delà les terres et les mers, grande sœur.

– Je parlais du ciel, petite sœur.

– Si tu meurs, je meurs aussi.

– Jure-le !

– À la vie, à la mort, croix de bois, croix de vie, si tu mens, je vais en enfer.

– Croix de bois, croix de fer ! Marie, faisons un pacte, un pacte de vie. Va chercher le miroir de maman dans la salle de bains…

– Que veux-tu faire ?

– Tu verras…

Face au miroir, je parlai tout bas pour que maman n'entende pas :

– Regarde-toi, regarde-moi, regarde nos yeux, regarde-les bien. Pense à papa et pleure comme je pleure…

Puis, d'un geste brusque, je le fracassai.

– Sophie, tu es folle ! Tu as cassé la glace.

– Sur le verre, il y a nos visages, nos yeux et nos larmes, si je mélange les morceaux, nous serons mêlées pour l'éternité. Regarde… Aïe, je me suis coupée, regarde le sang coule sur le verre, c'est joli… Donne ton petit doigt, n'aie pas peur, ça ne fait pas mal. Tu vois, je brouille nos images, nos larmes et notre sang. C'est ça, un pacte : à la vie, à la mort.

– À la vie, à la mort !

– Si tu mens, je brûle en enfer.

MARIE

Maman ne veut pas nous laisser seules à Paris.

Elle nous emmène au Maroc, elle y va pour son travail, elle s'occupe des arbres. Papa l'appelait son petit bonhomme agronome. Les palmiers sont très malades là-bas. À ce qu'il paraît, ils meurent les uns après les autres. Un champignon leur bouche les veines et ils meurent de soif, en tout cas, c'est ce que j'ai compris.

Nous prenons le dernier avion pour Marrakech. Il est tard, je suis fatiguée. Je dors pendant tout le voyage, la tête sur l'épaule de ma sœur. L'avion se pose. Maman m'embrasse et me chuchote à l'oreille :

– Réveille-toi, ma chérie, nous sommes arrivées.

Dehors, il fait chaud, je reçois de l'air brûlant comme si un immense séchoir soufflait. Dans l'aéroport, on voit des gens très bronzés, presque noirs même, ils disent des mots que je ne comprends pas.

– Ils parlent arabe, explique maman.

Un monsieur très gentil nous attend :

– Bienvenue, vous êtes chez vous !

Nous montons en voiture. Dans la ville, les maisons ont toutes la même couleur, ocre dit Sophie ; je ne connaissais pas cette couleur. Elles ont des toits plats. Il y a des palmiers, de plus en plus, je n'en ai jamais vu en liberté. Au jardin du Luxembourg, ils sont dans des bacs. Et encore, seulement l'été.

– Vous logerez dans la palmeraie, dit le monsieur, on vous a loué une belle maison pas très loin de l'institut agronomique. Une dame s'occupera de vous.

Maman et Sophie partent le matin et reviennent le soir, je reste seule avec Malika. Elle parle français. Son mari est mort, comme papa ; il l'a laissée seule avec deux petites filles malades. Elles habitent Essaouira, très loin d'ici, à trois heures de bus. Malika ne sait pas me dire ce qu'elles ont. Elle va les voir tous les dimanches.

Chaque jour, je vais avec elle faire des courses dans la médina, nous prenons un petit taxi jaune comme de la moutarde, d'autres gens montent avec nous, j'adore.

– À Paris, on ne partage pas les taxis !

– Ici on le fait, comme ça on paye moins cher… on est pauvres.

Malika achète des fruits, des légumes, des herbes bizarres qui sentent bon et que je n'ai jamais vues. Il y en a une qui me fait rire, c'est le *fliou*. Les Marocains la cuisinent avec des pommes de terre. Je n'aime pas les boucheries, elles sont envahies de mouches et de morceaux de viande qui pendent et qui saignent, ça me dégoûte. À la maison, je n'en mange plus, ça inquiète maman, elle a peur que je fasse de l'anémie.

Les rues sont poussiéreuses et sentent un tas d'odeurs. Malika se déguise pour sortir, on ne voit que ses yeux. Les femmes sérieuses s'habillent comme ça, paraît-il. C'est quoi une femme sérieuse ?

Elle rit.

Au centre-ville, une grande tour orangée couverte de dentelle et de carreaux verts se dresse dans le ciel. La nuit, elle est blanche de lumière. C'est la Koutoubia, la grande mosquée. On la voit de partout, comme la tour Eiffel. Elle est belle, nous nous promenons souvent dans les jardins autour, je n'ai jamais vu autant de roses.

– C'est pour ça que Marrakech est la ville des roses, explique Malika.

Dans la palmeraie, les palmiers sont malades. Ce sont de grands oiseaux, ils blanchissent, perdent leurs plumes et meurent. À cause du *bayoudh*. Maman se fait du souci : c'est une terrible maladie, si personne ne trouve de traitement, tous les palmiers d'Afrique vont disparaître.

– Je suis sûre que tu vas les sauver, maman !

Elle m'embrasse en souriant.

Je ne vois jamais Sophie dans la journée, nous nous parlons un peu la nuit, beaucoup moins qu'à Paris. Avec tout ce qui se passe ici tout le temps, je m'endors très vite.

Quand Malika revient d'Essaouira, le dimanche soir, je demande des nouvelles de ses filles. Elle répond :

– Ça va...

Moi, je sens bien que ça ne va pas, elle est toujours triste le dimanche.

– C'est quoi leur maladie ?

– Je ne sais pas dire en français.

– Elles ont le cœur malade ?

– Non.

– Les poumons ?

– Non, non.

– La tête ?

– Mais non, et puis laisse-moi tranquille !

Elle court dans sa chambre et s'enferme à clé. Je crois qu'elle a honte. La semaine passe, sa tristesse aussi. Le samedi soir, elle est toute gaie. Une fois, elle m'a dit que si elle avait de l'argent, elle pourrait faire soigner ses filles.

Je lui ai donné mon argent de poche, cinquante dirhams. Elle les a rendus en m'embrassant :

– J'ai besoin de beaucoup, beaucoup d'argent.

Elle guette le facteur. Quand il arrive, elle a les yeux qui brillent :

– Toi qui sais lire, regarde s'il y a une lettre pour moi.

– Non, Malika, pas aujourd'hui.

Déçue, elle reprend son travail.

– Dis, tu attends une lettre de ton fiancé ?

Elle hausse les épaules et répond :

– Je suis une femme sérieuse, j'ai pas de fiancé.

Un jour, une lettre au nom de madame Malika Antri.

– Malika, ta lettre !

Elle arrive en courant :

– Ouvre-la vite et lis !

– C'est une lettre du ministère de la Santé : « *Madame, nous avons le plaisir de vous annoncer la prise en charge de vos deux enfants...* »

– Ça veut dire quoi ?

– Qu'ils payent pour le traitement de tes filles.

Elle pousse un cri que je n'ai jamais entendu, un cri de joie :

– Youyouyouyouyou !

Elle demande à maman la permission d'inviter ses copines à la maison pour fêter ça. Elle passe deux jours à faire des gâteaux de toutes sortes, elle les dispose sur une plaque d'aluminium, met la plaque sur la tête et les emporte chez le boulanger pour les cuire.

– Jeudi, je ferai aussi des beignets. Chez nous, on en fait quand il arrive du bonheur.

Jeudi, ses copines envahissent la maison, elles poussent des youyous et moi aussi, Malika m'a appris comment faire, c'est un cri qui part du fond de la gorge et qu'on travaille avec la langue.

Ça sent bon les gâteaux et les beignets tout chauds qu'elle fait frire dans une marmite pleine d'huile bouillante. Qu'est-ce qu'il y a comme bruit ! Heureusement, on n'a pas de voisins. Une grosse femme frappe sur un tambourin et les autres dansent, des foulards noués autour de la taille, elles font bouger leur ventre et leurs fesses. C'est curieux, Malika n'a pas invité de copains, je lui demande pourquoi :

– Chez nous, les femmes et les hommes ne se mélangent pas, et puis on est beaucoup mieux sans eux. On est des femmes sérieuses !

Elles s'amusent comme des petites filles. Elles mangent des gâteaux et boivent des litres et des litres de limonade. J'en ai même vu une qui buvait de l'eau de Cologne. Elles crient, elles racontent des histoires, font des grimaces, éclatent de rire. Elles m'apprennent à danser la danse du ventre.

Moi, je ne me suis jamais autant amusée, ça me change de Paris où je suis toujours toute seule. Je saute au cou de Malika :

– Emmène-moi à Essaouira dimanche, je veux voir tes filles, je veux leur apprendre la bonne nouvelle avec toi.

Elle devient toute rouge et dit non avec la tête.

– S'il te plaît !

Je la supplie.

– Non, non, non !

J'insiste tellement qu'elle finit par céder :

– Il faut que j'en parle à ta mère. Si elle est d'accord, on ira toutes les deux.

Les femmes sont parties, maman est sous la douche, Malika attend devant la porte de la salle de bains.

– Je peux vous parler, madame ?

Maman l'entraîne dans sa chambre, j'entends des chuchotements, des éclats de voix : Non, il n'en est pas question !

Malika implore :

– S'il vous plaît, madame, ce sont mes enfants, pas des monstres.

– Je n'ai jamais dit cela, Malika, mais j'ai peur qu'elle soit choquée, c'est une enfant fragile.

Sophie

Nous n'avions jamais été proches, maman et moi.

À Marrakech, ce fut différent : nous partions ensemble tous les matins, Marie préférait rester avec Malika. Nous arpentions la palmeraie, elle examinait chaque arbre et prenait des notes sur un calepin.

– C'est terrible, disait-elle, ils sont presque tous atteints !

La palmeraie était un immense jardin, je ne m'en lassais pas. Le silence, la terre riche et ocre comme les maisons. Verdure étagée, herbes et légumes, arbrisseaux et arbustes, arbres, grands arbres, palmiers majestueux aux feuilles blanchies. Et, en dentelle, le ciel bleu, éperdument.

Des rigoles gorgées d'eau couraient entre les troncs. Le sol s'épandait comme un damier : carrés de fleurs, d'herbes et de légumes. Partout, des fruits multicolores. Tomates écarlates, poivrons brillants orange, jaunes et verts, piments rouges et cuisants. Persil, coriandre, menthe, symphonie baroque aux multiples senteurs. Basilic pour chasser les moustiques.

– Seulement, Malika ?

– On ne mange pas de basilic chez nous...

Courges, courgettes, concombres, pastèques veinées de vert et melons jaune canari. Tourbillon de couleurs : cobées bleues à l'assaut des palmes et des branches, volubilis, liserons blancs, roses blanches, rouges et roses, cosmos. Oranges, mandarines et citrons, verts encore. Ils changeraient d'habit aux premiers froids.

Des insectes, des myriades d'insectes. Libellules à fleur d'eau, paquets de moustiques, mouches à foison et tant de moucherons qu'il fallait parler bouche fermée pour ne pas en avaler. Les oliviers frémissaient sous la brise, chatoiement laqué tendre. D'innombrables oiseaux : étourneaux, merles, moineaux, cigognes impériales. Des colombes côte à côte sur les toits de tuiles vernissées, ombres chinoises immobiles incrustées dans le ciel.

Le muezzin appelait à la prière, sa voix portée par les airs caressait les murs, les hommes et les arbres. Les paysans, fatigués, interrompaient leur labeur et s'agenouillaient vers l'est. Parfois le vent du sud se levait, sensuel, brûlant.

Le bonheur et la paix.

Marie

Maman a mis son peignoir rouge, elle a une passion pour le rouge. Ses longs cheveux noirs sont entortillés dans une serviette blanche. Elle est fatiguée. Sous ses yeux, deux cernes violets. Elle travaille beaucoup. À Marrakech, il fait très chaud l'été, pire que dans un four, et maman ne supporte pas la chaleur. Moi j'aime, je suis dans un cocon. Assise sur son lit, elle me parle :

– Tu as vraiment envie d'aller à Essaouira ?

– Oui.

– Tu es heureuse au Maroc ?

– Oh, oui.

– Sais-tu pourquoi ?

– Parce que je ne m'ennuie pas comme à Paris.

– Ce n'est pas seulement pour ça, tu as découvert un nouveau pays, une autre façon de vivre, des gens qui s'intéressent à toi et qui s'occupent de toi, des gens plus chaleureux.

– Pourquoi ce n'est pas comme ça à Paris ?

– Le temps n'a pas la même valeur, tout va très vite là-bas, ici les gens prennent le temps de vivre. Ils sont plus près de la nature. C'est une autre culture. Les Marocains sont très différents de nous. Tu as vu, ils ne parlent pas comme nous, ne s'habillent pas comme nous, ne mangent pas comme nous, n'écoutent pas la même musique... Et pourtant tu les aimes.

– C'est vrai.

– Nous ne sommes pas tous pareils. Il y a dans le monde des Blancs, des Noirs, des Jaunes, des petits, des gros, des beaux, des vilains, des hommes qui n'ont qu'une seule main, une seule jambe ou un seul œil. Est-ce parce qu'ils sont différents de nous, comme les hommes et les femmes d'ici, qu'on ne doit pas les respecter ou les aimer ?

– Non, maman.

– Les filles de Malika sont très différentes de toi, tu seras peut-être choquée quand tu les verras, ne le montre pas. Ça leur ferait beaucoup de peine. Ce qui leur arrive aurait pu t'arriver, ne l'oublie pas. Parle avec elles, amuse-toi avec elles, même si c'est difficile au début...

Dimanche matin, six heures.

Nous montons dans le bus. Malika porte des couffins énormes remplis de bonbons, d'habits, de chaussures, de fruits et de légumes. De quoi manger pour la semaine.

La campagne n'est pas comme en France, il n'y a pas d'herbe, c'est tout sec et couvert de cailloux. On croirait les maisons peintes avec de la terre. Il n'y a que deux couleurs : le bleu du ciel et l'ocre du sol. C'est beau !

Des chèvres, des chiens, des moutons traversent parfois la route, on se demande où ils vont et ce qu'ils trouvent à manger. Malika s'inquiète :

– Tu n'auras pas peur quand tu verras Nadia et Naciba ?

– Pourquoi j'aurais peur ?

– Elles ne sont pas comme toi.

– Elles sont méchantes ? Elles griffent ? Elles mordent ?

– Mais non !

– Alors, ça va.

Voilà Essaouira, toute blanche au bord de l'Océan. La mer est démontée. Des milliers de moutons courent à sa surface.

– C'est à cause du vent, dit Malika. Ici, il souffle en permanence.

Des dunes de sable et des pinèdes aux arbres couchés entourent la ville. Des mouettes piaillent. Le bus nous dépose près des murailles de la médina. Ici, ce n'est pas comme à Marrakech, les maisons sont blanches et les volets bleus. Les rues sont étroites et sales, ça sent souvent mauvais, mais parfois aussi ça sent bon. Des odeurs que je ne connais pas.

Au large, on voit des îles :

– Les îles Pourines, dit Malika.

Sur le sol, il y a des poissons écrasés :

– Ce sont des sardines, la spécialité d'Essaouira. Ici, on les mange grillées... tu en veux, Marie ?

Un marchand traîne une brouette qui en déborde, Malika l'arrête. Il sort une vieille balance rouillée, des poids en fonte d'un vieux sac de toile troué, pèse le poisson et l'enveloppe dans du papier journal. Ça sent vraiment très fort !

Des chats pelés prennent le soleil, ils s'en foutent des sardines écrasées, ils doivent en avoir marre de les manger. On passe par des tunnels très sombres entre les maisons, j'ai un peu peur. Malika cogne une grosse porte en bois avec un anneau de métal. Le bruit résonne dans la rue. Une vieille dame répond :

– *Chkoune ?*

– Malika...

Mouni, la mère de Malika, ouvre la porte et nous embrasse quinze fois chacune, elle sent le savon de Marseille et la Javel.

La maison est ensoleillée, des carreaux de faïence couvrent le sol et la moitié des murs, l'autre moitié est peinte en blanc. Je ne vois pas de tableaux comme chez nous.

Il fait frais. Du charbon brûle dans un *kanoun*, Mouni fait cuire du pain. Dans une cage, deux canaris jaunes chantent ; du linge sèche sur des cordes, des habits d'enfants.

– Où sont tes filles ?

– Dans la chambre, viens.

Sophie

J'adorais la vie à Marrakech, je ne m'ennuyais jamais.

Maman avait donné quelques conseils au propriétaire de l'hôtel Ombres et Lumières, inquiet pour les palmiers de son jardin. Reconnaissant, il avait dit :

– Profitez donc de la piscine, venez quand vous voulez, vous êtes chez vous.

Tous les matins, maman me déposait devant l'hôtel, Marie préférait rester avec Malika. Des hommes en habit de coton blanc, grands et beaux comme des princes, ouvraient la porte de la voiture :

– Soyez la bienvenue, mademoiselle.

Le sol, dallé de marbre noir et blanc, était poli comme un miroir. J'y voyais mon reflet. Des boiseries claires couvraient la réception, dix horloges rondes indiquaient l'heure des grandes villes du monde. Des estampes marocaines sur bois d'acajou me faisaient rêver. La Menara : une cigogne, ailes déployées, la survolait avec lenteur ; la Koutoubia, les montagnes rouges de l'Atlas en arrière-plan ; une scène de rue et pêle-mêle : la place Jemaa-el-Fna, le souk des teinturiers, des passants et des oiseaux. Au plafond, des bois sculptés. Un lustre gigantesque éclairait le hall. Il miroitait, féerique, au-dessus d'un immense bouquet de roses crème dans un vase bleu cobalt.

Un tapis rouge démesuré mangeait le sol. Je me sentais minuscule. Plus loin, deux grands vases céladon emplis de roses pastel. À droite, trois panneaux peints, si vivants que les transes des femmes étaient palpables. Des Berbères en robes sable jouaient de la mandoline, de grandes broches posées sur la poitrine. J'entendais leurs mélopées.

Une jeune fille vêtue de bleu, deux fibules d'argent sur les épaules, dansait peu avant. Désormais à genoux, elle fixait le sol, cernée d'hommes indigo fous de désir.

Des femmes psalmodiaient, yeux mi-clos, au son d'une *darbouka*, des colliers d'ambre jaune autour du cou, des bracelets argentés aux poignets.

Le parfum si particulier de l'hôtel flottait, ténu et envoûtant. Des tulipes de cristal s'échappaient des lustres. Les meubles de bois sombre étaient surplombés de miroirs biseautés des années trente.

Une boutique d'antiquités. On y vendait les bijoux des chanteuses de l'Atlas : colliers d'ambre jaune, orange et noir, de corail ou d'améthystes ; pesants bracelets d'argent hérissés de pointes. L'antiquaire m'inquiétait un peu, il était grand et maigre, une sorte de capeline sur la tête, une immense chaîne autour du cou et d'énormes bagues enserraient ses longs doigts. Il portait des sandales. J'avais bien regardé, pas de bagues aux orteils !

Il parlait fort en roulant les « r » :

– Bonjourrr, mademoiselle, comment ça va aujourrrd'hui ? Vous ne voulez pas essayer un collier.

Je le saluais et m'en allais très vite.

Après l'ombre, la lumière et le paradis. Des cris d'oiseaux, des arbres de toutes essences, des fleurs par brassées, un foisonnement inouï. Maman m'avait appris un tas de noms, je ne me souvenais pas de tous, je n'avais retenu que les plus beaux ou les plus étranges : céanothe bleu, datura blanc ou rose, jacaranda confondu un temps avec l'acacia... Je ne savais plus le nom des palmiers filiformes à crinières de lion, ni celui des arbres marguerites.

Les vieux oliviers aux troncs crevassés qui bordaient les allées de gravier me faisaient rêver. Je m'asseyais sur un banc, j'imaginais être une princesse en détresse, un génie sortait d'un arbre et me proposait trois vœux. Je n'en avais qu'un, toujours le même : retrouver papa.

La piscine était immense, claire et bleue, enchâssée dans un écrin brique et vert. Les maîtres nageurs m'accueillaient avec un grand sourire :

– Bonjour, mademoiselle Sophie, soyez la bienvenue, l'eau est bonne aujourd'hui : vingt-sept degrés.

Ils m'installaient sur une chaise longue en teck, près d'un bosquet de bananiers, et me choyaient comme une reine :

– Vous voulez boire quelque chose ?

Je répondais invariablement :

– Une orange pressée.

J'observais, amusée, la clientèle du palace : acteurs, actrices, industriels, hommes politiques. Des gens vus à la télévision. J'avais parfois l'impression d'assister à une soirée électorale, mais les protagonistes étaient en maillot de bain, détendus et souriants. Au diable la droite ou la gauche, ils s'entendaient à merveille. À midi, ils pillaient le buffet, leur gros ventre en éclaireur.

Des femmes, qui se voulaient sans âge, au visage lisse et sans âme, offraient leur peau tendue au soleil destructeur. L'hiver, elles corrigeraient à prix d'or les méfaits de l'été.

J'aimais nager, au contact de l'eau mes lunettes de plongée se chargeaient de buée, le monde devenait fantomatique : les serveurs marchaient saccadés, entourés de palmiers estompés, les bâtiments aux toits verts émergeaient de géographies brumeuses.

Certains matins, la piscine plus chaude que l'air fumait. Des feux follets de brouillard couraient sur l'eau. L'univers se contractait en un monde étroit et vaporeux. J'étais en moi, dans le silence de l'eau qui frappait mes tympans, heureuse et invincible. Je rêvais du monde d'avant le premier cri.

Je voulais nager toujours.

MARIE

Il fait sombre dans la chambre. Après le soleil de la cour, je vois mal. On dirait qu'une petite fille est assise sur une chaise, près d'un matelas posé à terre, recouvert d'une couverture jaune et rouge.

– Bonjou, bonjou.

Elle me sourit

– Bonjour.

– Comment tu t'appelles ?

– Naciba, dit Malika, elle ne comprend pas le français.

Naciba me fait coucou d'une main, je m'approche. C'est bizarre, une autre main s'agite derrière elle. Je ne distingue pas bien... pas assez de lumière. Je fais un bond en arrière, j'ai vu quatre bras et quatre mains bouger. Je voudrais me sauver, mais je me souviens de la promesse faite à maman.

– Qui est derrière ?

– Nadia, répond Malika, inquiète.

J'avance tout doucement, soudain j'entends deux voix qui parlent très vite et deux rires. Naciba n'est pas assise sur une chaise mais sur un tabouret. Derrière elle, Nadia est assise aussi. Elles sont dos à dos, quand l'une bouge sa tête, l'autre la bouge aussi. C'est fou comme elles se ressemblent.

– Elles sont jumelles ?

– Oui, dit Malika.

Je les regarde de profil : deux profils identiques.

Deux yeux qui me suivent et me scrutent : l'œil de Nadia et l'œil de Naciba.

J'ai l'impression que leur tête est soudée. Leurs mains me touchent, j'ai le cœur qui bat. Elles se lèvent... on dirait une grosse araignée. Nadia me fait face ou peut-être Naciba.

Elles sont jolies avec leurs tresses noires. Elles marchent. C'est bizarre, l'une avance et l'autre suit à petits pas.

– Elles sont collées ?

– Oui, répond Malika, par la tête et le dos. Elles sont nées comme ça. Pour qu'elles puissent sortir, on m'a ouvert le ventre. Quand leur père les a vues, il s'est sauvé. Je ne l'ai plus jamais revu, ni lui ni sa famille.

– Alors, il n'est pas mort.

– Non, il est parti, il avait trop honte.

– Pourquoi ? Elles sont belles !

Je tourne autour des filles. Elles sont contentes que je sois là. Elles tournent aussi autour de moi en chantant, elles glissent sur le sol comme chaussées de patins à glace. Les robes qui sèchent sur la corde ont quatre manches et une seule jupe, je ne l'avais pas remarqué en entrant dans la cour. Pour les vêtir, Malika doit acheter deux robes, les découper dans le dos et les coudre pour n'en faire qu'une seule. Collées, Nadia et Naciba sont collées !

Elles sont deux et une.

Ça sent bon la sardine grillée, le déjeuner est prêt, elles s'assoient chacune sur un tabouret de bois et mangent chacune sur une petite table basse, dos à dos, bien droites. Quand l'une veut bouger, elle prévient l'autre. Je n'arrête pas de les regarder. J'en oublie presque de manger.

On passe l'après-midi à jouer aux osselets, à danser, à chanter, à rire, je les prends par la main et on fait une ronde, elles de profil et moi de face. Sophie aurait dû venir aussi, on se serait bien amusées. Elles sont heureuses, moi aussi. J'oublie qu'elles sont attachées. Il y a Nadia et Naciba, elles existent toutes les deux. C'est fou, elles n'arrêtent pas de parler, chacune dit à l'autre ce qu'elle va faire, tout le temps. Elles se disputent parfois, quand l'une fait quelque chose sans prévenir et qu'elles manquent de chuter.

Il est temps de partir. Elles m'embrassent pendant dix minutes, l'une après l'autre. Malika leur parle, elles pleurent et crient.

– Malika, dis-leur de ne pas pleurer, je reviendrai les voir, je leur apporterai des cadeaux.

– Elles pleurent, parce que je vais bientôt les emmener à l'hôpital de Casablanca.

Sur la plage, à côté de l'arrêt de bus, des cavaliers blancs galopent sur des chevaux chamarrés. Les hommes pointent leur fusil vers le ciel et tirent. Le bruit me fait sursauter, un nuage gris monte dans l'air, ça sent la poudre. Quand ils ont tiré, leurs bêtes s'arrêtent net, puis reviennent lentement à leur point de départ. D'autres cavaliers se mettent en ligne et poussent leurs chevaux au galop.

– C'est une fantasia, dit Malika en riant. C'est jour de fête, mes filles vont bientôt guérir.

Je suis dans le bus contre Malika, la tête me tourne.

– Pourquoi veux-tu les emmener à l'hôpital ?

– Pour les soigner.

– Mais, elles ne sont pas malades.

– Si, elles sont accrochées.

– Moi, j'aimerais bien avoir une sœur accrochée à moi.

– Dieu te préserve !

– Au moins, je ne serais plus seule, j'aurais tout le temps quelqu'un avec moi, jour et nuit.

– Arrête de dire des bêtises.

– Ce ne sont pas des bêtises ! On va leur faire quoi à l'hôpital ?

– On va les séparer.

– Les séparer, pourquoi ? Elles l'ont demandé ?

– Non, elles ne se rendent pas compte, elles ont toujours été comme ça.

– Alors pourquoi les décrocher, si elles sont bien ?

– Ce n'est pas une vie, elles ne peuvent pas sortir, elles ne vivent pas comme tout le monde. Elles ne se marieront pas et n'auront jamais d'enfants.

– Mais, Malika, elles sont heureuses !

– Elles ne savent pas ce qu'est le bonheur.

Sophie

Un soir, nous rendîmes visite à Rezki, un collègue marocain de maman. Depuis cinq ans, il aménageait un lieu. Il y travaillait dès qu'il pouvait.

– Ce n'est pas tout à fait fini. Mais, comme vous partez bientôt...

Nous avions rendez-vous à Bâb El Foutouh. J'y allai seule avec ma mère, Marie était à Essaouira avec Malika. La lune se leva au-dessus des remparts. Nous marchâmes longtemps dans des ruelles sombres et vides. Des femmes parfois, elles se plaquaient au mur pour nous laisser passer. Nous croisâmes une forme gigantesque et pointue, menaçante : l'ombre d'un homme en burnous, projetée par un réverbère.

Sur une petite place, un monument aux toits de tuiles vertes. Le mausolée d'un saint. Au-dessus de la porte d'entrée en cèdre sculpté, des versets du Coran. À gauche, un haut mur festonné de vasques en bicorne, elles se dressaient noires dans la lumière lunaire, aux extrémités de chaque corne, des anneaux de métal.

– C'est là, dit Rezki, plus que cent mètres.

La rue attenante était couverte de tapis jetés à terre ou tendus sur les murs. Ils étaient beiges, crème ou blancs ; sauf un, rouge, le vendeur y somnolait.

– Regarde ce tapis, murmura maman, comme il est beau !

– Nous y sommes, clama Rezki.

Il tourna une énorme clé sortie de son veston dans la serrure d'un rideau métallique rongé par la rouille.

Maman était dépitée, cela n'augurait rien de bon. Le fracas du rideau hacha le silence, quatre chats qui dormaient éparpillés sur les pavés encore tièdes de la rue s'enfuirent.

Un trou noir et béant.

– Attention aux six marches… ensuite vous ferez dix pas. Pas un de plus, comptez bien !

Nous avançâmes dans la pénombre. Maman compta jusqu'à dix :

– Nous y sommes, dit-elle.

Bruit d'interrupteur : une multitude de lumières s'alluma… Un patio sortit de l'ombre opaque…

Souffle coupé, un monde en trois couleurs : blanc, rouge et noir. Un tourbillon de lignes s'élevait vers le ciel en vagues étagées. Des colonnes simples, blanches et droites, ceinturées de guirlandes de mosaïque noire, des colonnes doubles : la seconde posée sur la première. Des colonnes triples…

– *Binbirdirek* ! s'écria maman.

– Vous avez raison, Françoise, je me suis inspiré des citernes d'Istanbul, répondit Rezki, mais pas seulement.

Trois étages de colonnes. Sur les murs, en caractères latins, un mot sans cesse répété : Ziwana.

– Le prénom de ma grand-mère, expliqua Rezki, ça veut dire « belle » en arabe.

Tout en haut, près des étoiles, des colonnes incurvées vers le sol comme d'immenses pistils, alignement d'orants à genoux. Des mâchoires de requins à tête de babouches sortaient des murs, cernées de lianes entremêlées. Des scaphandriers monoculaires environnés de pingouins nous scrutaient des balcons.

Aucune respiration : univers dément sorti d'une imagination exaltée, foisonnement d'idées traduit en pierres, luminaires, formes et objets. Dysharmonies flambantes orchestrées en symphonie débridée. Des torsades de brique rouge grimpaient sur le blanc laqué comme un bijou sur la peau, elles se muaient en cheminées indécentes, en bouches entrouvertes, en arches quintuples convexes ou concaves arc-boutées sur des colonnades ptolémaïques. Elles enserraient deux poèmes arabes sertis dans des cœurs : des poèmes d'amour.

Maman demanda à Rezki de traduire :

– *« Sœurs maléfiques, elles ont franchi le seuil de l'adolescence, elles sont entrées dans mon âme, la beauté sur leur visage s'est épanouie et la beauté diabolique de leur visage m'a bouleversé. Quand j'ai offert mon amour, elles se sont moquées : "Comment peux-tu ? Toi, l'imam qui pourrait être notre père. Nous n'avons pas besoin d'amour. Parle-nous plutôt de sourates, de versets, de paradis et d'enfer." Triste, j'ai repris mon chapelet et j'ai égrainé leur nom jusqu'à la nuit tombée... »*

Au sol, des mosaïques en opus incertain, au mur cette laque magique de Marrakech, le *tadelakt*, massée par les artisans jusqu'à la patine. Et les boules grises et noires du chapelet inutile de l'imam amoureux partout éparpillées. Parfois, des étoiles de mer échevelées, des fleurs de brique, de bois ou de pierre. Au plafond, des lustres comme des vaisseaux intergalactiques en acier torturé, hérissés de cornes de boucs. Des étoiles multicolores, naines bleues, naines rouges, des planètes vertes et jaunes serties d'anneaux saturniens.

Une profusion vénéneuse. Un monde en cinq dimensions, la dimension des sens. Des escaliers grimpaient, lianes bardées de fleurs de lotus métalliques balancées par le vent, ils menaient à des terrasses étagées ; des fontaines à la Gaudi s'encastraient dans les recoins, rocailles de pierre et de couleurs. Des niches comme des gueules dévoraient les parois. Des arches byzantines de brique rouge encadraient un scaphandrier femelle sexe ouvert, seins dressés. Il crachait son fluide dans un bassin bouillonnant.

Les terrasses s'ouvraient sur les toits de la ville et les minarets éclairés. À droite, la Koutoubia : chandelle ardente dans la nuit. Point d'ancrage épuré après l'extravagance. Des bruits montaient jusqu'à nous, apaisants. Des chiens aboyaient, un enfant criait, une femme chantait dans sa cuisine. Je la voyais préparer le repas du soir dans un univers terne et plat.

Les vasques aperçues de la rue étaient là, surgies de l'Antiquité, des temps baroques ou du futur. Qui pouvait savoir ?

Alignement de corolles noires sur la nuit.

Des tables blanches formaient une rambarde. Au bas du bâtiment, un vieux cimetière ; de longues tombes de faïence blanche et de céramique verte sommeillaient parmi les gravats.

Les corps des morts à même la terre donnaient leur sève aux fleurs de pierre. Des pots de terre cuite plantés de papyrus cotonneux, de bambous effeuillés, de bougainvilliers rouges ponctuaient l'espace. D'épaisses bouches de bronze crachaient dans des bassins de béton bouillonnants, une tuyauterie reptilienne rampait près des points d'eau.

Nous empruntâmes un escalier en colimaçon et descendîmes au cœur de la fleur carnivore. Les scaphandriers, tels d'immenses soldats, me fixaient tristement. S'ils n'avaient pas eu les pieds dans la glaise, ils auraient marché vers moi. Si j'avais été libre, j'aurais couru vers eux.

Au rez-de-chaussée, des lettres arabes du quinzième siècle s'enlaçaient dans la pierre, des stalactites andalouses couvraient le plafond. Vingt cylindres d'aluminium jetaient sur le sol une lumière crue.

Rezki était suspendu à nos lèvres.

– J'ai voulu bâtir un hommage à une civilisation oubliée, confia-t-il, une civilisation qui n'aurait jamais existé.

Je rêvais de vivre dans cet univers foisonnant où l'imagination ne cessait de divaguer, où l'œil ne se reposait jamais. Un monde onirique où l'ennui n'existait plus, où l'angoisse se pétrifiait.

– Une civilisation hybride, répondit maman, qui prend ses racines dans le passé et l'avenir du Maroc… C'est splendide !

Elle mentait. Ce n'était pas son goût.

Quand Marie revint d'Essaouira, elle raconta d'une voix exaltée :

– Tu te rends compte, elles sont attachées l'une à l'autre, elles sont toujours ensemble.

– Ce sont des siamoises, dis-je.

– Comme les chats ?

– Non, ça n'a rien à voir, c'est juste le nom qui est pareil.

– Pourquoi ?

– Je ne sais pas.

– Si on était comme elles, on ne s'ennuierait plus !

Elle voulut jouer aux sœurs siamoises. Maman avait suspendu une gandoura rouge dans la salle de bains, nous l'enfilâmes. Marie colla son dos au mien et sa tête contre ma nuque, elle nous ligota avec deux ceintures de peignoir, l'une rouge, l'autre verte. Comme le drapeau marocain.

Nous étions dos à dos dans la lueur hésitante d'un photophore acheté au souk des teinturiers. Lampion cylindrique en métal ajouré, trois lézards de cuivre étaient plaqués sur l'acier, leur ombre grimpait au mur. Des trous de lumière parsemaient de pois notre silhouette grotesque. Des manches de la camisole improvisée s'échappaient quatre bras :

– Des pattes de mille-pattes, s'esclaffa Marie.

Nos bustes réunis enflèrent sur le mur, nos doigts s'agitèrent tels des reptiles, nos cheveux tressés se dressèrent comme des cornes.

De profil, face au miroir, nous entamâmes une marche à quatre pieds.

– Avance, Sophie, je te suis.

Elle ne me suivit pas, nous marchâmes chacune pour soi, vers l'avant, vers l'arrière, de droite à gauche. Nous perdîmes l'équilibre et roulâmes à terre dans un immense fou rire.

Maman, excédée, cria :

– Ça suffit maintenant !

– Allons, dis-je tout bas, on recommence. Deux têtes ne peuvent pas diriger un seul corps, si tu ne me laisses pas faire, nous n'avancerons jamais.

Marie

Deux jours à Rabat.

C'est joli, Rabat, avec des murailles comme à Marrakech, des maisons et des immeubles blancs, un palais pour le roi, sa femme et leur bébé.

– Ce n'est pas trop grand, un palais pour eux tout seuls ?

Maman sourit.

Les jardins de Rabat sont très beaux. J'aime beaucoup ceux de Chellah, entourés de grandes murailles crénelées. Sur les arbres, une foule de cigognes claque du bec, je n'en ai jamais vu autant. Des feuilles d'acanthe entourent des ruines.

Maman dit que toute l'histoire du Maroc est dans Chellah, on voit des bouts de maisons phéniciennes, romaines et arabes, des tombes dans une mosquée sans toit. Un nid de cigognes est perché sur le minaret. Elles n'arrêtent pas de faire clac-clac.

– Viens voir les bains romains, madame.

Un vieux monsieur enturbanné pointe du doigt un bassin où les gens d'avant se baignaient. Maintenant des chats tournent autour en miaulant dans le soleil.

Sophie s'éloigne de nous et, de temps en temps, frappe des mains pour faire peur aux cigognes qui s'en foutent. Elles tournent la tête et se mettent sur une patte. Sophie se demande comment ces grosses bêtes arrivent à tenir sur un nid juché en haut d'un minaret, elle pense qu'elles ont inventé l'équilibre. Elle essaie de les imiter, comme une danseuse sur ses pointes.

Un cigogneau est tombé du nid, ses pattes et ses ailes sont raides, il est mort. Ses parents ne s'en sont pas aperçus ou alors ils sont passés à autre chose, comme maman. Je le ramasse, sa peau déplumée est froide et violette, comme celle de papa. J'essaie de le réchauffer en soufflant sur lui. Je m'approche de Sophie pour lui montrer l'oiseau, elle se sauve en hurlant.

Il est tard, le gardien siffle pour faire sortir les visiteurs.

– On reviendra, maman ?

– Peut-être, si on a le temps.

Maman est passionnée d'antiquités. Le lendemain, elle nous emmène au musée de Rabat. Il est tout petit, deux, trois salles, pas fatigant comme le Louvre. Sophie est furieuse, elle voulait retourner à Chellah. Elle déteste les musées, qu'elle trouve morbides. Elle n'a pas tort, moi je les aime à cause de ça. Elle boude sur une chaise. Le bronze d'un jeune homme, beau comme papa à seize ans, regarde le sol.

– C'est Juba II, roi de Maurétanie, dit maman.

– C'est où, la Maurétanie ?

– Ici et en Algérie. Dans le temps, l'Algérie et le Maroc formaient un seul et même pays.

– Alors, le Maroc et l'Algérie étaient sœurs.

– Oui, mais l'histoire a brisé leurs liens... maintenant, les deux sœurs vivent sans se soucier l'une de l'autre, étrangères.

– Comme deux siamoises qu'on aurait séparées ?

Maman me regarde sans répondre, étonnée.

Elle se dirige vers la statue d'un athlète :

– Cet homme, c'est Ptolémée, le fils de Juba II.

– C'est drôle, il a l'air plus vieux que son père.

– Cette statue a été sculptée alors que Ptolémée était un homme.

Elle raconte l'histoire de Ptolémée et de sa mère, Cléopâtre Séléné :

– C'était la fille de Cléopâtre la grande, tu te souviens d'elle ?

– Oui, la maîtresse nous en a parlé, et puis j'ai lu *Astérix et Cléopâtre*... c'était une reine qui aimait beaucoup les hommes... elle a eu des enfants avec Jules César et MarcAntoine. Elle est morte, piquée par un serpent et après... on l'a embaumée.

– On a le DVD avec Richard Burton et Liz Taylor, crie Sophie de sa chaise, tu ne t'en souviens pas ?

– Bien sûr que si... Cléopâtre Séléné, c'était la fille de Richard Burton ou de Rex Harrison ?

Maman lève les yeux au ciel :

– C'était la fille de Marc Antoine. Elle a épousé Juba II, ils ont eu un fils, Ptolémée, assassiné par Caligula... Vous savez qui était Caligula ?

– Un empereur fou, répond Sophie, s'il pouvait nous débarrasser de Marie et de ses bêtises comme il s'est débarrassé de Ptolémée, ça nous rendrait service. On s'en va bientôt, maman ?

Maman poursuit son histoire, sans se soucier de Sophie :

– Un jour, il a invité Ptolémée à Lyon pour des jeux et l'a fait étrangler parce qu'il portait une toge pourpre plus belle que la sienne.

– C'est quoi, pourpre ?

Sophie soupire.

– C'est une couleur très rouge, dont on a perdu le secret de fabrication, explique maman. La Maurétanie produisait la plus belle pourpre de l'Antiquité. C'est pourquoi la toge de Ptolémée était si extraordinaire. On la fabriquait à Essaouira, sur les îles en face de la ville.

– Les îles Pourines !

– Non, Marie, Purpurines. Ça veut dire rouge comme la pourpre...

– Maman, tu sais si Ptolémée a été momifié ?

– Je l'ignore, Marie.

– Moi, si j'avais vécu en Égypte à cette époque, j'aurais été embaumeuse ! Et sûrement pas princesse ou reine... Beaucoup trop dangereux...

Nous sortons du musée et marchons jusqu'à la tour Hassan.

– Une des sœurs de la Koutoubia, dit maman, l'autre a été construite à Séville par les Arabes : c'est la Giralda.

– Mais elle est beaucoup plus petite ! dit Sophie.

– Elle a été en partie détruite par un tremblement de terre.

Tout autour, des colonnes de différentes tailles ; ça ressemble à la place du Palais-Royal à Paris, en plus grand.

Les tombeaux des sultans du Maroc sont magnifiques, tout de marbre blanc. Le sol est tellement poli qu'on peut s'y voir, comme sur un miroir. Sophie n'aime pas les tombes, son reflet me tire la langue.

Maman commande du thé au café Bleu, au bord de l'Océan, près du jardin des Oudaïas. Derrière, sur une falaise, des maisons tombent presque dans la mer ; en face, une rivière serpente et, dans la brume, on aperçoit la sœur jumelle de Rabat : Salé. Le thé bouillant sent très fort la menthe, Sophie l'aspire dans son verre en faisant du bruit, ça énerve maman.

Moi, la tête me tourne avec tous ces rois et reines qu'on assassine pour un oui, pour un non et toutes ces sœurs qui veulent rester ensemble et qu'on veut tout le temps séparer.

Sophie

L'Atlantique dans le soleil, si brillant qu'il était argent.

Marie voulait voir l'Océan après la chaleur et la poussière de Marrakech. Le petit taxi jaune moutarde nous déposa à Skhirat. À peine descendue de voiture, elle prit ma main et m'entraîna sur le chemin de terre qui mène à la mer.

– Doucement, Marie, on va se casser la figure, regarde tous ces cailloux !

Elle rit :

– Plus vite !

Le sable était en fusion, maman cria :

– Vos chaussures... Attention, ça brûle !

Et nos pieds brûlèrent. Nous courûmes jusqu'à l'écume. Enfin, le sable mouillé et l'eau glacée.

– Sophie, viens te baigner !

– Non, je reste sur le sable.

– Maman, viens !

Maman trempa le bout du gros orteil :

– Pas question, on va attraper la mort.

Marie se fichait du temps, du froid, de la pluie ou des canicules. Marie ôta sa robe légère et plongea.

Chahutée par le ressac, ballottée par les vagues, les cheveux striés de sable, les yeux rougis par le sel, elle riait, heureuse. Son bonheur m'éclaboussait, papa était moins lourd dans ma tête. Je le voyais presque. Il vacillait là-bas dans la brume de chaleur, surfait sur les vagues, pêchait sur les rochers, courait sur le sable, enfourchait un scooter des mers, puis disparaissait avalé par le bleu. Marie sortit de l'eau, elle grelottait, je la frictionnai avec une serviette éponge :

– Tu es folle, ce soir tu auras quarante.

– J'adore la fièvre, elle me fait du bien, je me sens encore plus vivante.

Elle se plaqua contre moi, sa peau était froide et violette. Je la repoussai :

– Va-t'en, j'ai horreur de ça, tu le sais !

Nous marchâmes, maman entre nous, ses mains sur nos épaules. Tout au long de la plage, une enfilade de jolis cabanons blancs aux volets clos, des araucarias grands comme des mâts de vaisseaux.

– Maman, dis-je, ce serait tellement bien d'avoir une petite maison en bord de mer.

– Oh oui, on pourrait se baigner jour et nuit, renchérit Marie.

– Il faudrait que je gagne au Loto ou aux courses...

– Au Maroc, ça ne doit pas coûter aussi cher qu'en France.

– Depuis qu'Étienne n'est plus là, j'ai beaucoup de mal à tout assumer. Alors, une maison au Maroc...

– Nous n'irons plus au bois, les lauriers sont fanés...

– Que racontes-tu ?

– Rien, maman. Je parlais toute seule.

Des bateaux jaune et bleu revenaient de la pêche, ceux restés à terre étaient couchés sur le sable, les uns contre les autres, ils s'appelaient Bouchra, Soukayna, Salma, Zhor... Maman disait que c'était des noms de femmes. J'imaginais dix odalisques, parées d'or et d'azur, alanguies sur la plage.

Marie brandit sous mon nez une tête de poisson décharnée aux orbites vides, ramassée sur la plage. Elle puait.

– Arrête, tu vas recevoir une claque !

Elle partit en ricanant ; je ne comprenais pas sa fascination pour la mort et les charognes.

La mer se fracassait en immenses gerbes d'écume sur les brisants et se muait en mouettes ; elles gagnaient le ciel et se fondaient dans l'horizon. Une poussière de mer estompait l'infini. De petits oiseaux sautillaient sur le sable, Marie les imitait, Marie faisait le clown. Le soleil déclina. Marie, fatiguée, s'allongea contre moi et s'endormit, souriante.

Nous étions tristes, nous partions le lendemain de Marrakech. Bientôt le gris de Paris. Il faisait chaud, une chaleur terrible et moite. Le ciel s'était chargé de nuages toute la journée. Ils couvraient le ciel de noir tel un maquillage maléfique.

Le jour gris et terne s'éteignait lentement dans le gémissement des muezzins. La palmeraie, à bout de souffle, soudain se tut. Le silence figea plantes et animaux. Une lueur blanche et lointaine teinta l'ouest, elle approcha, le ciel frémit de lumières comme un cœur qui bat. Un bruit roula dans l'air, frêle comme une illusion puis, peu à peu, s'affirma en tonnerre. Des éclairs horizontaux envahirent la nuit ; pulsations incessantes, grondements continus, ils effleuraient la terre craquelée de leurs griffes. Nous étions sur la véranda, Marie blottie contre moi suçait son pouce.

– Tu ne devrais plus à ton âge !

Ses épaules se haussèrent contre les miennes.

L'air était immobile. Les arbres sous le feu d'un immense stroboscope surgissaient par à-coups. Un souffle léger caressa les feuilles. Le vent se leva, chargé d'une odeur de terre mouillée, une odeur oubliée, gommée par l'été marocain. Un parfum de première pluie. Là-bas, il pleuvait déjà...

Le vent soufflait en rafales dans l'assourdissant tonnerre, quelques gouttes chaudes s'écrasèrent sur nos mains. Marie posa sa langue sur ma peau. Des colombes affolées s'agitaient autour des branches, taches blanches désordonnées.

D'énormes gouttes s'abattirent brusquement. Des millions d'impacts sur les arbres, les toits et la terre : musique saccadée, violente. Les rigoles de la palmeraie débordèrent bientôt d'une eau boueuse et mousseuse. Un magma lumineux et liquide charrié par un air en furie tourbillonna autour de nous.

La terre et sa migraine se déchaînèrent.

Chez nous, les orages ne s'attardent pas. Celui-ci prit son temps, lent et flamboyant. Tumulte de palmiers tourmentés, de branches brisées, de feuilles arrachées, de fenêtres et portes claquées, de verres fracassés. Des torrents furieux charriant feuilles, bois et détritus submergèrent la terre.

Des cris affolés de paysans fusèrent çà et là. Nous les vîmes courir dans la nuit, djellabas blanches trempées, torches à la main, à la poursuite de proies emportées par les eaux.

Le vent tomba enfin, la pluie cessa, les nuages frémissants de lumière gagnèrent l'Orient, les étoiles éclairèrent une à une un ciel immense et pur. La terre s'apaisa.

Marie s'endormit sur la balustrade, je caressai ses longs cheveux noirs mouillés d'orage.

La voiture filait à vive allure vers Casablanca, nous embarquions deux jours plus tard pour Paris. Le ciel était bas, uniforme et gris ; la terre sèche, plate, infinie et morne. Tantôt rouge, tantôt noire.

Parfois, des moutons. Ils avançaient, vagues d'écume sur le sol terne. Un enfant, poussait un vélo trop grand pour lui sur un chemin empierré. Sa lente silhouette bleue imprimait le ciel et la terre obscurs. Un chien aux contours flous marchait sur l'horizon, dans l'air surchauffé, vers nulle part, il était le paysage.

Une terre sans arbre, immensément nue.

Marie dormait sur mes genoux, elle rêvait d'Essaouira et des sœurs siamoises que leur mère voulait séparer. Des sacs de plastique noir s'agrippaient aux buissons, aux herbes, aux clôtures : corbeaux tremblants dans l'air suspendu.

Des collines festonnaient l'horizon, couronnées de pauvres maisons ceinturées de figuiers de Barbarie aux raquettes avachies couvertes de fruits. Au Maroc, on les appelle figues des Nazaréens ou figues des Indes. J'ignore encore pourquoi.

La terre déployée comme un velours sombre, la terre hérissée de pierres, assoiffée, brûlée par le souffle du désert. Des nuages échappés du néant couraient parfois sans but, inutiles et stériles. Un arbre perdu dans la solitude rocailleuse se dressait, des chèvres acrobates l'avaient escaladé, elles dévoraient ses rameaux épineux. Trois carrioles débordaient de fruits orange et rouges. Des grenades ! Les Marocains disent *romane.*

Nostalgie de l'orage, de la palmeraie, de l'eau, des fruits, des fleurs, des couleurs innombrables, du bonheur des mois passés. Une boule se noua dans ma gorge, je caressai les cheveux de Marie. La nuit tomba, le gris plus gris, la route plus noire. Le ciel, oppressant comme un lac de plomb, se répandit sur le sol. À perte de vue, la terre lugubre et vide.

Des voitures, des camions arrêtés. Sur les bas-côtés, des hommes orientés priaient. Calmes et sereins, ils regardaient leurs mains. Marie soupira dans son sommeil.

Marie

Il fait gris. Depuis que nous sommes revenues à Paris, je n'ai pas vu le soleil une seule fois. Je suis retournée à l'école, je n'aime pas l'école. Je m'ennuie. Le Maroc me manque, Malika, ses filles. Ça fait longtemps qu'elles n'ont pas donné de nouvelles.

Ce matin, une lettre est arrivée, elle vient de là-bas, une lettre tapée à la machine. Elle est de Malika, j'en suis sûre. Elle ne sait pas écrire.

Souvent en fin de journée, elle disait : « J'ai une lettre à envoyer, tu veux m'accompagner ? » Et elle m'emmenait sur la grande place de Marrakech. À peine sortie du taxi jaune, je sentais une odeur de viande grillée. Malika serrait très fort ma main pour ne pas me perdre dans la foule. Des ampoules blanches éclairaient la place, elles brûlaient les yeux. Des fumées montaient dans la nuit. Des gens très bronzés aux cheveux très noirs encerclaient des danseuses grandes et maigres. Elles avaient de grosses mains, le visage couvert d'un foulard et les yeux très maquillés. Malika disait que c'était des hommes déguisés en femmes : aucune femme n'osait venir danser ici, même les pas sérieuses. Des Marocains entouraient des musiciens attendant qu'on ait jeté assez d'argent pour jouer. Des touristes se pressaient autour d'équilibristes, de charmeurs de serpents, de chameaux. Une vieille dame accroupie, des cartes entre les mains, parlait à des hommes. Elle dévoilait leur avenir, j'aurais aimé connaître le mien, mais elle ne parlait pas français. « Et puis, c'est péché », avait dit Malika. Des gens étaient assis autour de grandes tables, des menus étaient accrochés en l'air, écrits en français, en anglais et en arabe. Ils mangeaient de la soupe, du poisson, des brochettes, des escargots, des gâteaux et buvaient de la limonade.

Malika s'approchait d'un monsieur qui tapait à la machine sur une table pliante, elle lui parlait en arabe et il écrivait tantôt en arabe, tantôt en français. Quand c'était fini, elle me donnait la lettre à lire et demandait :

– Ça va ?

Je lisais puis répondais :

– Ça va !

La lettre du Maroc a été écrite par le vieux monsieur, je reconnais les caractères de sa vieille machine à écrire au ruban élimé. Je ne veux pas attendre maman pour savoir ce que Malika et ses filles sont devenues, je décolle l'enveloppe à la vapeur comme dans les films :

Madame,

Je ne vous ai pas donné de nouvelles plus tôt parce que j'étais très occupée par l'opération des petites. L'opération s'est bien passée, on les a séparées, mais Naciba a fait une infection de la tête et elle est morte une semaine après. Alors, Nadia n'a plus voulu manger, elle appelait tout le temps sa sœur, même la nuit. Elle est morte au bout de dix jours. Elles ont beaucoup souffert, mais maintenant elles sont en paix dans le royaume de Dieu...

Je suis triste, j'ai maigri, je n'ai plus faim.

Je voudrais, moi aussi, vivre dans le royaume de Dieu.

Ici, les légumes n'ont pas de goût. Quand je mange de la salade verte, je mâche du papier. Les fruits sont insipides, les oranges toutes petites et sèches, les clémentines fades et le raisin gorgé d'eau. Maman revit, elle. Elle a retrouvé l'appétit. Elle ne se plaisait pas au Maroc, il faisait trop chaud là-bas, et puis tous ces arbres malades la déprimaient. Elle, qui ne se maquillait plus, a racheté du rouge à lèvres et du fard à paupières. Elle sourit plus souvent et, parfois, chantonne dans la salle de bains.

Ce soir, maman est très belle. Elle a lâché ses longs cheveux noirs sur les épaules, mis du mascara sur ses cils, du blush sur les joues et peint sa bouche. On dirait une star de cinéma. Elle porte la robe rouge qu'elle ne mettait plus, elle est grande et mince.

– Pourquoi aimes-tu le rouge ?

Elle sourit :

– J'étais invitée à la campagne chez des amis. Je me promenais dans le jardin, j'ai dérangé un chat à l'affût. Il m'a attaquée et mordu la cheville. J'étais en sang. J'ai croisé ton père que je ne connaissais pas. « Joli bijou, le rouge vous va bien », a-t-il dit en pointant un doigt vers ma jambe. J'ai répondu : « Ce n'est pas un bijou, mais du sang, un chat m'a mordue. » Il a couru vers la maison chercher ce qu'il fallait. Tu te souviens comme il était myope, incapable de reconnaître quoi que ce soit à un mètre.

– La cravate rouge et la robe rouge, c'est donc à cause de ça ?

Elle s'en va sans répondre.

Sophie

Nuit d'été. Dîner en bord de mer, Méditerranée ou Atlantique, je ne sais plus, c'est si loin. Allongée, la tête sur les genoux de papa, je suçais mon pouce. Marie dormait la tête sur l'épaule de maman. Au-dessus de nous, une treille, des grappes de raisins blancs ; ce n'était pas l'Atlantique.

Il faisait humide et chaud. L'air comme un habit moite. Personne d'autre que nous, ma mémoire a tout effacé. Juste maman et Marie, la treille, papa et moi : une sphère de bonheur.

Nous voguions dans la nacelle d'une montgolfière, nous filions tout doucement au gré des alizés. Une lumière fragile diffusait, venue de nulle part, peut-être de nous. Papa en short, sa peau était chaude sous ma joue, il caressait mes cheveux. Si j'avais été un chat, j'aurais ronronné. Maman me croyait endormie :

– Cette enfant est toujours collée à toi, dit-elle, tu ne devrais pas la laisser faire.

– Les enfants ont besoin de tendresse et moi j'aime en donner, je ne vois pas où est le problème, répondit papa.

– Elle est constamment sur toi. Si je ne l'empêchais pas, elle passerait ses nuits avec nous, contre toi.

– Tu es jalouse ? se moqua papa.

– Non, mais je trouve qu'elle est trop attachée à toi.

– C'est ma petite fille, elle m'aime et je l'aime, il n'y a rien d'extraordinaire à cela.

Il me serra très fort. Peut-être avait-il peur qu'elle m'arrache à lui ?

Le vent soufflait dans les feuilles de vigne, les vagues bruissaient sur les galets. Un parfum de chèvrefeuille, de cigarette blonde et de café. Je m'endormis, bercée par la voix de papa. Il disait des mots que je ne comprenais pas, des mots qui parlaient de tendresse et d'amour.

Des mots qui rendent heureuse et invincible.

Des mots beaux comme des mirages.

Des mots qui s'évanouissent avec l'enfance.

Des mots qui meurent avec la mort.

Marie

Ce matin, le chat, allongé sur le Frigidaire, la patte dans le vide, a fait tap-tap-tap sur la tête de maman. Elle a rit très fort. C'est la première fois depuis la mort de papa.

Elle a coupé ses cheveux. Elle passe ses journées dans Paris, revient les bras chargés de paquets et s'enferme dans sa chambre pour téléphoner. Sophie me dit tout bas : « Elle est amoureuse. » Je crie que je ne veux pas, qu'elle n'a pas le droit, qu'elle est toujours à papa. Sophie répète : « Elle est amoureuse » et elle s'endort.

Maman est de plus en plus belle, de plus en plus élégante, son nouveau parfum m'écœure. Elle ne s'occupe plus de moi, sort tous les soirs et oublie parfois de rentrer.

Je la questionne :

– Une nouvelle bague ?

Elle répond, mystérieuse :

– Un cadeau.

– De qui ?

– D'un ami.

– Un ami comment ?

– Un ami qui m'aime.

– Et que tu aimes ?

– Oui.

Je fonds en larmes, elle s'étonne :

– Je suis heureuse et tu pleures.

Je sors de la cuisine en criant :

– Je pleure comme papa dans son cercueil !

Il est tard. Maman ramène un homme à la maison. J'entends des pas lourds et une voix forte.

– Chut, tu vas réveiller l'immeuble ! dit-elle.

Ne t'inquiète pas, maman, je ne dors jamais avant ton retour.

Et Sophie ?

Je n'en sais rien, elle n'en fait qu'à sa tête.

Ils sont dans le salon, l'homme débouche le champagne qui patientait au Frigidaire depuis une semaine. Étrange, cette bouteille au milieu des choux-fleurs, des poivrons et des tomates. On n'en avait pas vu depuis trois ans. Trois ans sans sirop à bulles, comme disait papa.

Que fêtent-ils ?

Ils sont dans la chambre.

Sur ma table de nuit, une photo de papa, un chapeau de paille sur la tête, les épaules nues, il sourit et fixe je ne sais quoi.

Sa femme peut-être ?

Celle qui vient d'enterrer son veuvage et qui dort là-bas dans les bras d'un étranger.

L'homme s'appelle Antoine, je n'aime pas ce prénom ni le surnom stupide dont l'a affublé maman. Quand elle n'est pas là, Toine se laisse aller sur le canapé. Du fond du salon, je vois ses grands pieds dépasser, sa veste de pyjama remonter sur son ventre couvert de poils et les pages du *Figaro* défiler.

Il ne m'adresse pas la parole, il s'intéresse à Sophie, à ses futures études de médecine. Ils parlent de biophysique, de biologie, de biochimie et de choses auxquelles je ne comprends rien.

Il dit qu'il est médecin de l'âme, il en est fier. Je ricane :
– L'âme est immortelle, elle n'a pas besoin qu'on s'occupe d'elle. Les dieux ont-ils des psychiatres ?
Il m'interroge :
– Que veux-tu faire plus tard ?
– Thanatopractrice.
Il me regarde, interloqué.
– Je veux rendre la mort plus belle !

SOPHIE

Une nuit, comme souvent, Marie vint se blottir contre moi. J'aime sa chaleur, sa peau et son parfum. Elle parla à voix basse, d'une voix très basse que je ne lui connaissais pas :

– Tu t'occuperas des vivants, je m'occuperai des morts, nous serons de part et d'autre de la fracture. Parfois je te tendrai la main, je redonnerai un peu de vie à ceux que tu n'auras pas pu sauver et tu seras moins triste.

– Tu veux vraiment être thanatopractrice ?

Elle posa la tête sur mon épaule :

– Juste après sa mort, papa faisait presque peur, tu te souviens ? Il était pâle, le visage figé, la bouche ouverte, les lèvres et les oreilles violettes, ce n'était plus papa. Et puis la dame des pompes funèbres est arrivée, il est redevenu ce qu'il était : notre père, rose et beau, comme un prince charmant. Je me suis juré de faire ce métier, en souvenir de lui.

– Pour lui, j'ai fait médecine.

– Tu crois que tu aurais pu empêcher qu'il meure ?

– Oui, je l'aurais embrassé si fort que ma vie aurait coulé en lui ! Mais tu ne serais pas là, tout contre moi.

– Nous aurions vécu l'une à côté de l'autre sans nous regarder.

Nous nous asseyons sur le lit face à face :

– Et tu ne rêverais pas de t'occuper des morts.

– Et tu ne ferais pas médecine.

– Et tu ne serais pas toi.

– Et tu ne serais pas toi non plus.

Nous éclatâmes de rire.

La voix de maman retentit à travers la cloison :

– Il faut dormir maintenant !

Après quelques minutes de silence, nous reprîmes nos chuchotements :

– J'essaie de retenir la vie.

– Moi, je l'aide à mourir.

– Je n'aime pas l'avenir parce qu'il est plein de morts à venir.

– C'est le passé que je n'aime pas : il est plein de disparus !

– Je me demande bien ce qui nous rapproche.

– Ces moments où tu viens tout contre moi parler à mon oreille.

Maman jeta un trousseau de clés sur la table du salon :

– J'ai acheté une maison en Espagne !

– C'est pour ça que tu nous as laissées seules cette semaine ?

– Oui, j'étais à Malaga pour les ultimes négociations, je n'ai rien dit pour vous faire la surprise. Nous passerons l'été là-bas.

– Où as-tu trouvé l'argent ?

– J'en avais un peu, Toine m'a aidé et j'ai emprunté le reste.

– Il a acheté son droit de visite, dit Marie.

Maman ne releva pas.

– Je ne l'ai pas payée trop cher, vous verrez, elle est superbe.

Los Monteros, oasis sur la Méditerranée.

Une luxuriance vertigineuse : bananiers, palmiers, orangers, citronniers, jujubiers, cactées et rosiers enchevêtrés. Marrakech en bord de mer. Notre villa était tout en bas, près de la plage. Du jardin, on entendait les vagues mourir. Un patio hispano-mauresque. Aux murs, des zelliges rouge et vert. Dans une vasque, un jet d'eau froissait le silence. À notre approche, des moineaux s'envolèrent, effarouchés. Jasmins et bougainvilliers encadraient un carré de ciel bleu. Le salon, barré de grilles de fer forgé, s'ouvrait sur la piscine, la plage et la mer. L'air était calme, translucide.

Un canapé blanc et or face à l'horizon, des tableaux orientalistes sur les murs. À gauche, une jeune Bédouine menait à l'oued son chameau ; à droite, la nuit tombait sur un campement en plein désert, un homme, à l'écart, lacéré par une meute de chiens, tentait de s'échapper.

Ce décor n'était pas le nôtre, ce goût oriental, exubérant, n'était pas celui de maman.

Elle mentait, c'était la maison d'Antoine.

Marie a inventé un jeu : parler dans le noir, face à un miroir, éclairées par une bougie, sans nous regarder.

Parler au reflet de l'autre qui tremble dans la lumière. Parler de l'autre monde qui nous scrute, étrange et symétrique.

Imaginer des paysages reconstruits et dissemblables. Les voir onduler sous la flamme, se distordre. Et rêver d'ailleurs, d'un ailleurs commun où nous marcherions côte à côte.

Je vois tes lèvres qui bougent comme mes lèvres, elles s'approchent, elles effleurent ma bouche. Mon index se lève, le tien se lève aussi et nos doigts se touchent. Tu caresses ma joue, je caresse la tienne.

– Marie, dis-moi de l'autre monde.

Et Marie parle d'un univers sans adultes, sans passé ni avenir, immobile et calme, d'une mer sans vagues ni marées, de prairies silencieuses dans un crépuscule immortel et doux.

Un éden suspendu et éternel, toi et moi toujours, ta voix au cœur de mon oreille, ma main dans ta main, ta peau sur ma peau. Enlacées dans la douceur d'un soir andalou qui n'en finit pas de mourir et qui ne meurt jamais. Un monde d'errance tendre, plein d'assurance : l'assurance de ne se quitter jamais.

– Mais, Marie, ce paradis n'existe pas.

– Si, petite sœur, c'est le pays d'où je viens, le pays où je suis.

Et tu grimaces dans la glace. Tu tires la langue, écrase ton nez sur le verre, louche et grogne. Je ris et maman toujours et encore, maman du fond de son grand lit : « Il faut dormir maintenant ! »

Premiers jours d'Espagne heureux et bleus.

Ciels de jours intenses et brûlants, ciels de nuits noirs et profonds. Nous marchions sur la plage grise bordée de dunes, de pins demi courbés, de lis de mer et de chardons presque blancs. Au bord de l'horizon, on apercevait le Maroc parfois et l'ombre du Djebel Moussa. Était-ce un rêve ou un mirage ?

Les bancs de mouettes chassés par nos pas se défaisaient sans cesse, se reformaient toujours. J'enjambais le rio bordé de roseaux, j'éclaboussais Marie et maman. Elles criaient, je riais.

Et ce pacha stupide qui déroulait un tapis rouge de son jardin jusqu'à la mer. Il sabrait le champagne sur une table fleurie d'œillets et de fougères, tous les matins.

Et ces couchers de soleil qui embrasaient la Sierra Blanca. Et ces fleurs de cactées immaculées qui, pendant la nuit, naissaient et mouraient sous nos yeux comme un soupir.

Une nuit sans lune, nous nous promenions, Marie et moi, le long de la plage. Un très gros projecteur éclairait la mer, des phalènes tourbillonnaient dans sa lumière. Des vapeurs montaient des eaux. Quelques pêcheurs étaient là, accrochés à leur ligne dans la pénombre, fantomatiques.

Nous avancions, main dans la main, nos ombres gigantesques se découpaient sur l'eau, ondulantes, mais unies dans les vagues. Marie lâcha ma main, nos ombres se séparèrent.

Elle marcha plus vite et sortit de la lumière.

Son ombre disparut laissant la mienne, seule.

Abandonnée.

Marie

Antoine arrive ce matin. Paris-Malaga sans escale...

Il est là : je sens son odeur. Il rit, elles crient, quelle excitation ! Ça court dans tous les sens, les verres s'entrechoquent, les glaçons fument, l'anisette et les bêtises coulent à flots.

– Quel temps à Paris ?

– Beau, vous m'avez manqué.

– Tu vas rester un peu ?

– Oui, oui...

– Un glaçon ?

– Deux... Où est la petite ?

– Je suis là !

Il est pâle, les yeux cernés, une barbe de deux jours. Il enlève ses chaussures et ses chaussettes, il a de beaux pieds, je n'avais jamais remarqué ; il croise les jambes, son pantalon remonte à mi-mollet. Il est poilu comme papa.

Je me souviens de papa à moitié nu sur le canapé, moi allongée sur le tapis. Je faisais semblant de jouer avec mes poupées Barbie et mes peluches miteuses, sans cesse à l'affût.

Nous marchons sur la plage.

Une brume légère monte de la mer surchauffée, il n'y a ni vent, ni vagues. Dans l'eau, une touffe d'algues vertes va et vient, mollement. Je l'empoigne, elle est pleine de sable. Je la pose sur ma tête comme une perruque, elle dégouline, glacée.

Ils rient : je suis une sorcière. C'est vrai, je suis une sorcière.

Le pacha, au bout de son tapis rouge, lit un journal arabe, une coupe de champagne à la main, ses gros pieds posés sur des babouches violettes. La rivière, couverte de lentilles d'eau, scintille. Je n'aime pas les eaux stagnantes, je prends mon élan et saute. Gagné ! Je suis sur l'autre rive, les pieds au sec.

Un couple de nudistes obèses dort sur une serviette trop petite. Antoine les photographie. Trois mouettes s'arrachent un poisson en piaillant. Antoine prend maman par la taille et l'embrasse. Il est beau, musclé. Son maillot de bain est trop petit.

Je regarde ses cuisses, ses mollets, ses bras. Nous marchons jusqu'au camping. Près de l'entrée, une chaise à moitié enfouie dans le sable, les quatre fers en l'air.

– Elle est obscène, vous ne trouvez pas ? dit Antoine en réglant l'objectif de son appareil.

Sophie remonte la bretelle de son soutien-gorge, il la mitraille. Moi, il ne me regarde jamais.

Dans le salon, jeté sur un fauteuil, son Polaroid.

Il fait nuit, il fait chaud, Sophie dort nue, elle transpire. Elle n'a pas soufflé la bougie dégoulinante de cire qui brûle à son chevet. Son ombre agitée se projette sur le mur. Je suis dans mon lit. Une première photo, le flash la réveille... Je me glisse sous les draps. Elle ouvre les bras, les jambes et se rendort.

Sur le premier cliché, on ne verra rien.

Le deuxième, centré sur les cuisses, sera plus suggestif.

Le flash la réveille encore. Maintenant, elle est sur le ventre.

Troisième cliché... gros plan... parfait !

Sophie

La maison était pleine d'Antoine, de son rire, de sa voix, de son odeur. Mon regard croisait le sien, sans cesse. Parfois, dans un couloir ou au travers d'une porte, ma peau frôlait la sienne. Alors, mon cœur explosait.

Je ne ressentais rien de pareil avec mes camarades de lycée : les genoux en culotte courte qui m'effleuraient ne m'inspiraient rien, le cuisse contre cuisse adolescent me laissait indifférente.

Quand nous marchions le long de la plage, la main de maman était dans la sienne et moi j'étais près de lui, Marie courait loin devant ou ramassait des coquillages. J'étais centrée sur mon épaule, je n'étais qu'une épaule aux aguets.

Allait-il me toucher ?

De temps à autre, il se tournait vers moi et parlait, je n'écoutais pas ce qu'il disait. Il saisissait mon bras, je ne sentais que ses doigts.

Mes yeux étaient posés sur lui. Constamment. Il le savait.

Ils dévoraient son visage, ses jambes, ses mains, ses bras, ils auraient été plus loin s'ils avaient pu. Il le savait.

J'étais seule avec lui, ma mère était à Malaga avec Marie.

À genoux, je m'acharnais sur un puzzle démoniaque. Il lisait un traité de psychiatrie, assis sur le canapé du salon. Il frottait ses pieds nus l'un contre l'autre, écartait les orteils puis les jambes. Je caressai ses cuisses du regard, son short blanc s'ouvrit, il n'avait pas de sous-vêtement. Entre la peau et le tissu, un espace sombre et prohibé, profond. J'étais fascinée, il le sentait. Il plongea ses doigts sous l'étoffe et joua, l'air de rien... Il fit soudain très chaud.

Plus tard dans la nuit, nue sur mon lit.

Des pas, Antoine dans l'embrasure de la porte, vêtu du seul short blanc. Je feignis le sommeil. Dans sa main droite, un appareil photo... éclair.

Son parfum envahit la pièce ; j'écartai les jambes... éclair.

Sur le ventre... nouvel éclair.

Marie

Je termine le puzzle qu'Antoine m'a offert. Il est immense – six mille cinq cent pièces – et difficile. C'est un tableau de Monet : *Les Nymphéas*.

Plus que dix morceaux de carton à poser. Je me lève, je marche sur les nénuphars et l'eau en quête d'espaces vides. Des soucoupes vertes cerclées de mauve émergent du reflet jaune vert d'un saule sur l'étang bleu pastel. Trois fleurs roses à peine écloses et une blanche épanouie, manque son cœur jaune. Il est dans ma main.

Je me penche, j'ai soudain mal au ventre. Une sensation inconnue, quelque chose se tord en moi. Je ferme les yeux et les poings. Les pièces du puzzle plient contre mes paumes. Un liquide coule sur mes jambes. J'ouvre les yeux, des fleurs rouges éclosent goutte-à-goutte sur le tableau.

J'ai peur.

Je passe deux doigts sur ma jambe gauche.

Du sang, c'est du sang…

Dans ma tête, j'entends la voix de maman :

– Ne t'inquiète surtout pas ma chérie. Le jour où cela t'arrivera, tu seras une femme.

Non, je ne veux pas être une femme !

Sophie

Maman avait rendez-vous chez le coiffeur et Marie s'acharnait sur le puzzle. J'accompagnai Antoine à Al Campo, l'Auchan espagnol. Un temple d'acier et de marbre dédié aux dieux de la consommation. Il passait de rayon en rayon ; son caddy zigzaguait, indécis. Je m'ennuyais :

– Antoine, je monte au premier voir l'animalerie.

– Je te rejoins dans dix minutes.

J'aimais cet endroit, on y trouvait des chiens, des chats, des canaris, des perruches. Des perroquets et parfois des mainates. Une odeur âcre et fauve presque suffocante. Sandro, le fils du propriétaire était là, il nourrissait les cobayes. Il leva la tête et m'aperçut :

– *Ola*, Sophia, *que tal ?*

En écho, la voix éraillée d'un volatile :

– Sophia, Sophia, Sooophia.

L'oiseau s'acharna sur mon prénom puis, lassé, déchiqueta la branche qui lui servait de perchoir. Sandro m'entraîna au fond du magasin :

– J'ai une surprise pour toi.

Il faisait sombre, la lumière du dehors se reflétait sur les parois poussiéreuses d'un aquarium à poissons rouges presque vide.

– Tiens, dit-il en déposant le récipient entre mes mains.

J'avais du mal à distinguer ce qu'il contenait.

Peu à peu mes yeux s'approprièrent la pénombre, le fond du bocal était tapissé de paille. Sur les brindilles, deux formes noires recroquevillées. Une sourde appréhension. Mes mains tétanisées se crispèrent sur le verre. Peu à peu rassurées, les deux ombres s'animèrent, s'étirèrent puis déambulèrent énormes et nonchalantes...

Deux araignées noires, velues et gigantesques.

J'étais en eau, l'aquarium glissait inexorablement sur mes paumes trempées, il m'échappa des mains, tomba à terre et se brisa. Affolé, un des deux insectes grimpa sur ma jambe.

– Ne bouge pas et, surtout, ne crie pas, murmura Sandro.

Mon corps immobile n'était qu'un cœur en chamade. La mygale était sous ma jupe, à mi-cuisse, elle monta, descendit puis remonta. Lentement.

Je sentais ses pattes sur ma peau... Ne pas l'inquiéter. J'étais un tronc d'arbre, du bois mort, bientôt elle retournerait à terre, elle avait faim, sa sœur lui manquait. Surtout ne pas bouger, ne pas claquer des dents, ne pas trembler. Les secondes s'égrenèrent, interminables.

La bête prit son temps, erra sur mon mollet, gagna le tendon d'Achille, remonta, redescendit, s'attarda puis enfin, lassée, rejoignit le sol et disparut sous une armoire.

Antoine franchit le seuil du magasin à cet instant précis, je me jetai dans ses bras en pleurant. Il hurla à Sandro :

– Vous êtes cinglés de vendre des saloperies pareilles !

Il m'entraîna vers la sortie. Tourbillons de lumière, le goudron noir du parking chauffé à blanc fondait sous nos pas.

– Sophie, je t'emmène à Cordoue.

– On ne sera jamais rentrés pour le déjeuner.

– On s'en fout, j'appellerai ta mère d'une station-service, je raconterai n'importe quoi. Après le temple de la médiocrité et de l'horreur, il te faut du beau ! Tu vas voir un temple d'un autre genre et tu comprendras la vraie nature de l'Espagne.

Dans la voiture, il parla d'Alger, du soleil de son enfance, de la Méditerranée blanche de chaleur, de la chaleur sensuelle comme un souffle de femme. Il parla de jeunes filles, belles et dorées, de ces fantômes d'un passé disparu. De sa mère en robe de coton blanc, boutonnée sur le devant... Elle se déshabille ; la robe tombe à terre, plissée comme un éventail. Elle court vers les vagues et plonge en riant dans l'eau froide.

Il se tourna vers moi, cigarette éteinte aux lèvres. Moue implorante, la même qu'avec maman. Je pressai l'allume-cigare, comme maman. Déclic métallique. Je portai sa cigarette à mes lèvres, comme maman. J'aspirai, une nuée ardente envahit mes poumons, je toussai et pleurai.

– Pardon, je n'ai pas l'habitude...

Je tendis la cigarette incandescente.

L'Andalousie se donnait, fastueuse.

Les blés en herbe se mêlaient aux coquelicots, taches rouges sur vert profond. Les fleurs s'ouvraient comme des yeux : pupilles noires cernées de paupières pourpres. Des oliveraies à perte de vue, des villages immaculés perchés sur des pitons telle une écume séchant sur la pierre. Antoine fixait la route, ses bras nus tendus sur le volant. Il faisait chaud. Je baissai la vitre, le souffle du vent ébouriffa ses cheveux. Il se tourna vers moi et sa bouche sourit, éclatante.

Il était si beau avec sa barbe naissante, ses lunettes de soleil, sa chemise à carreaux grande ouverte, ses sandales de cuir clair. Je voulais le toucher mais j'avais peur du geste irrémédiable qui fait basculer la vie d'avant dans celle d'après, du geste qui passe la frontière. Il changea de vitesse et frôla mon genou.

Faubourgs de Cordoue, le Guadalquivir coulait entre les lauriers-roses, les roseaux et les herbes hautes. Une bâtisse immense et lourde aux vieux murs écaillés et blessés, troués de portes arquées, murées ou fermées. J'avais vu des portes identiques à Mekhnès, ouvertes sur la vie et sur la ville. À droite, un patio d'orangers triste et déserté. Nous franchîmes la porte de la mosquée. L'édifice était sombre et froid.

Peu à peu, formes et silhouettes se précisèrent : du sol couvert de marbre s'élevait une forêt de colonnes apaisante, tiges de pierres arrachées aux temples, curies et basiliques du monde romain. Des arches doubles en pierres rouges et blanches reposaient sur des chapiteaux corinthiens, wisigothiques, arabes.

Un labyrinthe démesuré s'enfonçait dans la pénombre. Des coupoles colorées, où s'enchevêtraient lettres arabes, plantes et fleurs stylisées, fleurissaient sur des plafonds en bois de cèdre. Au loin, les ors du mihrab byzantin. Harmonie dans la diversité, partout la même litanie : *Il n'y a de Dieu que Dieu...*

L'innombrable colonnade s'interrompit brusquement. Irruption de formes incongrues, de lumière blessante et crue. La sérénité sarrasine et romane brisée par la cathédrale baroque.

De l'or ostentatoire, des bronzes, des torsades, des volutes, des statues de marbre blanc, un tableau de Vierge extatique soutenant un Christ mort. Une iconostase chamarrée bordée de marbre.

– Pourquoi Antoine ?

– Toute l'Espagne est dans la Mezquita. La rigueur et l'exubérance. Deux civilisations se sont affrontées violemment dans ce pays et, malgré tout, se sont mêlées. Sans cette cathédrale, la mosquée n'aurait pas franchi les siècles. Le Christ a sauvé Mahomet.

Il s'éloigna dans un rai de soleil, j'eus peur qu'il ne m'abandonne comme un dieu qui aurait délivré son message.

– Antoine !

Il se retourna. Il était à contre-jour, je ne voyais pas son visage, juste les contours de son corps dans la lumière oblique saturée de poussière.

Je me précipitai vers lui, il ouvrit les bras en croix.

Marie

Il fait beau comme tous les jours, une brise légère agite les bananiers. Antoine nage ses cent longueurs quotidiennes. Sur l'eau, des fleurs de laurier blanc éparpillées. Poussées par les vagues, elles gagnent les bords de la piscine puis, en un mouvement incessant, rejoignent son centre.

Des insectes se débattent dans le bassin – mouches, abeilles, fourmis, scarabées – vigoureusement les premières minutes puis sans conviction. J'aime sauver les fourmis, les autres bêtes me dégoûtent ou me terrorisent, surtout les araignées. J'attends les derniers mouvements pour les repêcher. Je les réchauffe en soufflant doucement et elles ressuscitent. S'il n'y en a pas dans l'eau, j'en jette trois ou quatre puis les ranime. Quand je suis de mauvaise humeur, je les laisse mourir.

Le dos d'Antoine, musclé et bronzé, me fascine. Des taches de rousseur et des poils parsèment ses épaules et ses omoplates. Maman le supplie de s'épiler. En vain. Son maillot un peu lâche laisse voir la naissance des fesses, blanche comme une peau d'enfant.

Dos crawlé.

Il n'est toujours pas rasé, il n'a jamais eu la barbe si longue. En pays conquis, les efforts ne sont plus nécessaires.

Il enchaîne les longueurs.

J'ai éparpillé les photos de Sophie nue dans ses affaires.

Inès dresse la table sur la terrasse. Tortilla, salade russe, poivrons frits, tomates à l'huile d'olive, anchois marinés. Ça sent le charbon brûlé, Pedro s'affaire près du barbecue.

Antoine sort de l'eau, ruisselant. Une mare se forme à ses pieds. Il s'ébroue comme un animal, s'avance, ses empreintes sur la pierre brûlante s'évaporent à peine dessinées, il saisit une serviette et s'essuie avec lenteur. Il est encore temps, je peux courir jusqu'à leur chambre, ramasser les photos et les jeter au feu.

Non, le bonheur, c'était papa !

Pain chaud, brochettes de poisson, vin blanc glacé à l'enivrant parfum.

– Esmeralda, le gewurztraminer espagnol, explique Antoine, la bouche pleine.

Au loin, on voit passer des bateaux.

– Tu n'as rien mangé, ma chérie, s'inquiète maman.

– Je n'ai pas faim, le petit déjeuner était trop copieux.

Sophie dévore, ses lèvres brillent, elle a laissé tomber sa serviette par terre, comme souvent. J'essuie sa bouche, comme toujours.

Café, sieste sur les transats, il fait bon. Des moineaux picorent les miettes autour de nous, la piscine ronronne, Pedro arrose la pelouse.

Maman se lève.

– Chérie, dit Antoine, j'aimerais mon roman, il est dans la chambre, sur la table de nuit.

Maman revient le livre dans une main, une photo dans l'autre. J'en ai glissé une entre les pages. Elle la lui tend, très pâle :

– C'est toi qui as pris ce cliché ?

Antoine plisse le front en souriant, saisit des lunettes posées sur une table basse à proximité. Il les ajuste, ramasse la photo que maman a laissé tomber sur le sol. En toute innocence. Il prend son temps, comme s'il fallait déguster chaque seconde de ce qu'il pense être son bonheur. Je suis dans un film au ralenti. Suspens insupportable avant la scène finale. Il approche la photo de son visage, en étudie chaque détail, son sourire se fige enfin.

– Je t'ai posé une question, insiste maman d'une voix anéantie.

Il lève la tête, me regarde longtemps, je baisse les yeux. Il répond :

– Oui... c'est moi.

Il se dirige vers sa chambre. Il prend son temps, tout son temps. Comme s'il voulait fixer à jamais l'image de son infini bonheur enfui. Il remplit une valise, s'habille, appelle un taxi et s'en va sans rien dire.

Sophie

Maman ne me parlait plus et me regardait étrangement.

Elle s'enfermait dans la bibliothèque et passait des heures au téléphone. Sûrement avec Antoine. Je l'entendais parfois pleurer.

J'étais triste, il me manquait aussi. Marie était bizarre, elle ne me parlait pas non plus. Je la rencontrais parfois sur la plage, elle courait vers moi, m'éclaboussait et s'enfuyait.

Un soir, j'allai près d'elle. Elle simula le sommeil. Je la secouai, elle fit la morte. Je lui demandai pourquoi, elle ne répondit rien. Je retournai dans mon lit, désemparée.

Le lendemain matin sur ma table de chevet, ce mot : *Ne sois pas triste, nous sommes bien sans lui, il prenait trop de place.*

Au bout d'une semaine, maman interrompit enfin ce long silence :

– Nous avons beaucoup parlé Antoine et moi... j'ai pardonné, je ne sais pas à qui, mais l'amour est ainsi. Aimer, c'est souvent accepter l'inacceptable. Un jour, tu comprendras.

Elle ajouta :

– En septembre, tu iras en pension...

Septembre…

Pension chic pour jeunes filles de bonne famille. De ces familles où il est de bon ton d'engendrer et d'abandonner très vite sa progéniture sur les berges ruineuses d'un lac suisse. Pour continuer à jouir de la vie, sans entraves et surtout sans remords.

– Ça coûte une fortune, tu n'imagines pas !

– Je n'imaginais pas que tu avais tant d'argent à dépenser.

– Antoine m'aide.

– Chère maman, dit Marie, il t'achète plus qu'il ne t'aide.

– La séparation nous fera le plus grand bien.

Ma chambre donnait sur le Léman, immense étendue grise sous le ciel gris ; flaques sombres et fleuves clairs parcouraient sa surface ridée par le vent. De lourdes montagnes, estompées par les pluies d'automne, oppressaient l'horizon. Parfois le soleil, ses rayons striés d'eau éclairaient des forêts fauves et profondes.

Un incessant ballet de corneilles et de mouettes tournoyait au-dessus de l'institution. Des canards ricanaient sur la rive toute proche, plantée de pins, de noyers et de marronniers. Incongrus, des bananiers exhibaient leur hampe.

Los Monteros était loin.

– Fin mai, vous pourrez vous baigner, assuraient les professeurs, la plage est à cent mètres.

Plonger dans ces eaux mortes et glauques ?

Jamais !

Un trait noir glissait au cœur du tableau, comme un insecte. Des rameurs sur une barque effilée. De gros bateaux cornaient toutes les heures : la ligne Montreux-Lausanne.

Je passais l'éternité aux fenêtres ou sur un banc. Les vignes escaladaient les adrets. En cette fin d'octobre, elles composaient de somptueux tapis multicolores. Patchwork vert, orange et rouge.

Quand le ciel se déchirait, les reflets du soleil sur le lac couvraient les murs de ma chambre de carrés vacillants. Il regagnait la France, derrière les Alpes. Il emportait vers Marie mes peines, imprimant la surface de l'eau d'un trait de gouache mate.

À l'abord du soir, les cloches des églises sonnaient l'angélus. S'allumaient alors les lumières de la nuit, les plus proches s'enfonçaient tremblantes dans les profondeurs glacées ; d'autres, orphelines, parsemaient les montagnes jusqu'aux sommets.

Morne pays où il ne se passait rien, où les chiens suicidés faisaient la une des journaux. Les jours succédaient aux jours ; les semaines s'écoulaient, mortelles, rythmées par les dimanches à Montreux. Nous marchions dans la ville déserte en uniforme et file indienne. Des hôtels baroques mais sans âme étalaient richesse et volets clos sur les berges du lac. Le soleil paraissait quelquefois, soulignant, blafard, le vide des rues et des façades. Nous avancions, silencieuses, dans un décor froid et sans vie jalonné de bijouteries ruisselantes de montres et d'ors.

À la piscine, j'emprisonnais mes cheveux dans un bonnet de caoutchouc et me jetais à l'eau, j'éclaboussais des hommes et des femmes hors d'âge. Ils me dévisageaient, hostiles. Leurs chairs flasques et ridées, désertées par le désir, flottaient péniblement ; ils nageaient par à-coups, au bord du naufrage.

J'entamais un crawl effréné.

Enfin libre...

Illusion fugace ; le maître nageur me rappelait à l'ordre :

– Nagez plus calmement, s'il vous plaît, vous faites des vagues.

Les octogénaires approuvaient en suffoquant.

Déjeuners dans des *tea-rooms* surchauffés où de grosses dames aux cheveux frisottés roses ou violets s'empiffraient de canapés écœurants couverts de gelée et de gâteaux infects saupoudrés de cannelle ; les agapes terminées, elles partageaient l'addition au centime près.

Marie appelait de temps à autre, toujours la nuit, elle parlait très vite de peur que maman ne la surprenne, elle disait qu'elle m'aimait, qu'elle n'y était pour rien, que je devais tenir jusqu'aux prochaines vacances. Je répondais que je ne savais pas, elle riait :

– Tu n'as pas le choix.

– Bien sûr que je l'ai !

– Tu veux te glisser sous le lac ? Il y a de plus beaux endroits pour mourir, et puis j'ai envie de te revoir. Tu ne peux pas faire ça.

Alors, je marchais sur les berges détrempées, idées morbides en parenthèses. Une nature hybride, presque exotique, oscillant entre nord et sud : palmiers et figuiers côtoyaient mélèzes et sapins.

Le lac avait, parfois, des airs cruels de Méditerranée. Bleu intense, il éclaboussait le paysage noyant contrastes, sombres et reliefs. Le jour d'après, le nord entamait sa reconquête. Brumes et nuages, en embuscade, balayaient le souvenir des jours de mer.

Dans ce pays frontière qui naviguait de l'ombre à la lumière, je ne savais plus où j'étais, je ne savais où aller. Il aurait fallu si peu pour basculer.

La nuit, enfin...

Près des rochers, dans la lumière crue des réverbères et le clapotis des vagues, flottaient des bouées grosses comme des citrouilles ; des canards au bec frénétique fouillaient la vase.

La pluie tombait sur les *acer palmatum* rouillés, les rhubarbes agonisantes, les yuccas et les acacias, les brassées de géraniums rouges aux fleurs comme des yeux, les verveines brique et les acanthes vernissées. Luxuriance éphémère foudroyée bientôt par les premiers gels.

Je rejoignais ma chambre et son lit d'acajou, le crucifix ange gardien menaçant, la table de nuit et sa bible d'ennui. Je feuilletais le livre sacré. Puis, bercée par le Cantique des Cantiques, m'endormais en boule, le duvet sur la tête.

LA DÉCHIRURE

Sophie

Duvernier, il s'appela Robert Duvernier.

Cinquante ans, excellent état général, pas d'antécédents, aucune allergie, discrète obésité. Amateur de bonne chère. Monté de Clermont à Paris pour la revue du Lido, il en rêvait depuis longtemps. Superbes, les filles sont superbes. Il avait bu un peu. Du champagne, vers dix-neuf heures. Non, rien avalé depuis, d'ailleurs il avait faim, très faim. Oui, la jambe moins douloureuse depuis l'injection de morphine. Il voulut une anesthésie générale, l'idée d'une aiguille poussée entre les vertèbres le glaçait.

Vraiment stupide, il avait glissé sur une feuille morte en sortant du spectacle, sa cheville s'était tordue. Craquement, douleur, impossible de marcher, il avait failli s'évanouir. Pompiers, hôpital Bichat, urgences. Une vraie cour des miracles, cet hôpital ! Heureusement, un ange gardien, joli comme un cœur.

– Qui donc ?

– Mais vous, docteur, depuis que je vous connais, je ne rêve que d'une chose, m'endormir dans vos bras.

J'avais ri...

Je revenais de la salle de garde. J'avais dansé un rock dément avec Emmanuel, un copain réanimateur, sous les cris et les applaudissements de toute l'équipe. Emmanuel avait bu. Lui aussi. Et lui aussi voulait dormir dans mes bras.

Je souhaitai bonne nuit à Robert Duvernier et caressai sa joue rose d'enfant attardé, un peu rugueuse. Sa barbe avait poussé depuis le matin. Il s'en excusa, mutin. J'appuyai sur le piston de la seringue de Diprivan puis injectai le curare.

Il s'empourpra, son pouls s'accéléra. Tension imprenable.

Choc allergique !

Intubation, ventilation.

– Mireille, seringue d'adrénaline... Vite, il va mourir, les pieds en l'air, mettez-lui les pieds en l'air...

Bradycardie. Atropine. Électrocardiogramme plat, arrêt cardiaque. J'étais terrorisée, une vie s'en allait, la mienne basculait. Je criai :

– Défibrillateur !

Cette voix n'était plus la mienne, j'étais hors de mon corps. Détachée. Cet homme allait mourir et je mourrai avec lui.

Il t'a donné sa vie, qu'en as-tu fait ?

Je posai les électrodes sur son thorax. Décharge. Il tressauta. Dernier sursaut de vie, une odeur de chair grillée.

J'avais froid, j'étais vide. Un robot :

– Mireille, trois cents joules.

Nouvelle décharge, le cœur repartit quelques secondes puis s'arrêta de nouveau. Je massai. Je voyais papa allongé sur son lit, notre médecin de famille essayant de le ramener à la vie. En vain.

J'étais en nage, je pleurais, vingt minutes que je massais. Alain, le chirurgien, posa une main sur mon épaule :

– Il faut arrêter !

Je secouais la tête et massais désespérément, papa ne mourrait pas, il ne devait pas mourir. Je l'avais promis à Marie.

– Ça suffit ! hurla Alain.

Mireille, l'infirmière anesthésiste, me fixa, désemparée :

– Que dois-je faire ?

– Embrasse-le !

Quelques jours plus tard, je fus convoquée par le chef de service. Depuis l'accident, j'avais abandonné l'hôpital. Il s'inquiétait :

– Que se passe-t-il ?

– Je ne veux plus travailler. Mon métier m'ennuyait, à présent il me terrorise. Je ne sors plus de chez moi, j'ai la certitude qu'une fois franchie la porte, une force maléfique me conduira en salle d'opération face à Robert Duvernier... Je ne dors plus, j'anesthésie et j'assassine toutes les nuits.

– Vous prenez quelque chose ?

– Non, surtout pas de somnifères, ils abrutissent sans assoupir.

– On s'occupe de vous ?

– Maman passe tous les matins et ma sœur vient m'embrasser tous les soirs, je consulte un ami médecin trois fois par semaine, ça m'aide beaucoup.

– Vous ne voulez pas revenir au bloc ?

– Pas pour l'instant.

– C'est absurde, vous n'êtes pas responsable de la mort de cet homme, c'était imparable. S'il y avait eu la moindre faute, j'aurais été le premier à vous la reprocher. Je ne veux pas que vous restiez enfermée chez vous, c'est malsain.

– Je suis incapable de pratiquer la moindre anesthésie.

– Vous pourriez faire autre chose, donner plus de cours à l'école d'infirmières, par exemple, je sais que vous aimez ça… Je vais vous trouver d'autres occupations, donnez-moi une semaine. Je vous apprécie beaucoup, je ne veux pas vous perdre.

Vous me reprochez d'être aussi expressive qu'une peinture abstraite, de décrire mon passé comme un tableau sur papier glacé :

– C'est joli, mais je ne te vois pas vivre, où sont tes sentiments ? Tu les enrobes comme des bonbons ! Pourquoi es-tu si détachée, si distante, si étrangère à ta vie ?

Vous ne vous reconnaissez pas dans mes souvenirs. Ce n'est pas ma faute, si mes pensées et mon passé sont froids comme des reptiles. Seules restent les couleurs. Vous m'accusez d'esthétisme, comme le prêtre de Neufchelles accusait papa. Vous n'aimez pas mes digressions poétiques, toutes ces couleurs qui masquent l'essentiel, comme des emplâtres.

Vous me comparez à cet immeuble sur le port de La Valette. Façade splendide mais derrière, rien. Comme le palais des Vents à Jaipur. De la bâtisse, il ne reste que l'avant-scène : des fenêtres ouvertes sur le vide, des ferrures, des balcons inutiles. Ossature entre deux vides…

Vous voulez connaître mes sentiments, pas mes sensations.

Je suis un tableau : un assemblage de couleurs éclatantes sur un carré de toile. Je n'ai physiquement aucune profondeur. Mais, si vous vous donniez un peu de mal, vous sauriez en découvrir l'épaisseur.

La noirceur ?

Vous me comprenez, n'est-ce pas ? Vous êtes la seule personne à pouvoir me comprendre.

– Vous vous souvenez d'eux, bien sûr.

– De qui parles-tu ?

– Des Caravage de Malte, cathédrale Saint-Jean... Nous avions fait le voyage tous les quatre...

– Tous les quatre ?

– Je suis comme ces peintures, lisse et glacée. En apparence...

Vous haussez les épaules.

Vous voulez que je déballe mes sentiments, comme un vendeur à la sauvette ses colifichets ?

Ai-je aimé une seule fois ?

Je ne sais plus. Toutes ces années à Paris m'ont pillée.

Je vais vous faire une confidence : j'aime nos souvenirs. Oui... je les aime plus que tout au monde. Nuit après nuit, je m'en rends compte.

Vous riez.

Je suis pudique, on ne m'a pas appris à étaler mes émotions. Si je le faisais, j'aurais le sentiment d'être une stripteaseuse de peep-show. Certains rêves m'emplissent de honte : je marche dans la rue, je suis nue et le monde me regarde.

Vous voulez que je m'exprime ?

Mais, croyez-moi, je m'exprime !

Non, non, je ne pleure pas.

Il faut que vous le sachiez, je vous ai toujours parlé, plus qu'à n'importe qui. Vous voulez tout comprendre, vous voulez tout savoir : mes peines, mes amours, mes traumatismes ; et découvrir qui m'a blessée, ce qui m'a blessé. Vous voulez vraiment savoir ? À quoi bon...

Indifférence sentimentale !

Je suis atteinte d'indifférence sentimentale, dites-vous.

Mon affect est lisse comme les murs d'une prison. Vous insistez, mes perceptions auditives, olfactives et tactiles : des sensations périphériques !

Rien de profond, rien d'essentiel.

Par essentiel, vous entendez essence ou existence ?

Ainsi, les images de ma vie seraient accessoires, mes parfums d'adolescence insignifiants ?

Vous vous trompez !

Vous ne vous souvenez plus des ciels d'orage, de la pluie qui tombe sur nous, des transes qui saisissent une nature exsangue et s'insinuent dans nos chairs.

Oubliées, ces sensations qui vrillent l'âme et émeuvent plus que mille et une histoires d'amour enfilées bout à bout ?

Vous souvenez-vous de cette nuit à Los Monteros où trois éclairs ont brisé ma vie ?

Nos vies ?

Vous baissez la tête.

Vous voulez savoir si j'ai aimé et qui ?

J'ai aimé, bien sûr, mais vous n'en saurez rien, du moins pas tout de suite, c'est trop douloureux, trop enfoui... J'ai peur de me noyer. J'ai enfin trouvé ma bouée, n'essayez pas de l'arracher.

Vos rivages ne m'intéressent plus. Laissez-moi...

Laissez-moi parler d'insignifiance, comme vous dites.

La lumière est faite de particules infimes, insignifiantes.

Infimes, mais essentielles. Elles illuminent le monde.

Vous voulez toujours m'entendre ?

Alors, écoutez...

– Une autre fois, la séance est terminée.

Marie

Grand-mère est malade. Une bronchite, comme souvent. Maman appelle à l'aide :

– Ce soir, j'ai une réunion au Jardin des Plantes. Tu es la seule à pouvoir t'en occuper.

Je déteste cette femme qui nous critique sans cesse.

– Ça tombe mal, dis-je, j'ai une migraine épouvantable et je dois courir à l'autre bout de Paris pour des soins de conservation.

Maman n'en rien à faire :

– Bourre-toi d'antalgiques, je n'ai pas de solution de rechange.

Tous les six mois, grand-mère se meurt. Alors, nous nous relayons à son chevet. Son acharnement à survivre est tel qu'elle en réchappe toujours.

J'ouvre la porte de son appartement, ça empeste la violette de Toulouse, son parfum préféré. Les odeurs désagréables décuplent mes maux de tête. J'emplis les poumons d'air et bloque ma respiration, la douleur s'estompe quelques secondes. À peine ai-je expiré qu'elle revient plus violente. Elle bat mes tempes et brouille les images. Je pose mes valises de thanatopraxie dans le hall.

J'entre dans la chambre, il y fait si sombre qu'on s'imaginerait dans une crypte. Elle est allongée, comme un gisant, un chapelet entre les mains, l'extracteur d'oxygène ronfle. Son chat saute du lit en crachant. Aussi peu aimable que sa maîtresse !

Elle se réveille et m'embrasse sèchement :

– Tiens, quelle surprise ! Ma petite-fille nous fait l'honneur d'une visite. Je ne te croyais plus de ce monde.

– Je suis comme toi, grand-mère, immortelle.

– Ce n'était pas le cas de ton père, hélas ! Ce sont les meilleurs qui s'en vont toujours les premiers. Approche-toi, ma chérie, que je voie comme tu es belle... Oh, mais tu as les yeux verts, comme lui. Tu as ses yeux ! Je n'avais jamais remarqué. Brun aux yeux verts... il était magnifique.

Des points brillants scintillent sur ma rétine. Migraine accompagnée, la pire. Dans quelques minutes, je n'y verrai plus rien. Grand-mère crache son venin entre deux quintes, intarissable :

– C'est ta mère que j'attendais ce soir.

– Elle travaille.

– Vraiment ? Antoine rentre ce soir de Berlin, n'est-ce pas ?

– C'est possible.

– Elle préfère sa compagnie... je la comprends, un si bel homme. Pervers, mais tellement séduisant !

La douleur est intolérable, les étoiles se muent en planètes de feu.

– Je ne l'ai jamais aimé, il regarde bizarrement. Je me demande s'il s'est toujours bien comporté avec toi, souffle-t-elle, un mauvais sourire aux lèvres.

Elle tousse encore puis se compare à maman. Elle est restée fidèle à la mémoire de grand-père, elle ! Jamais remariée. Elle était belle pourtant, elle aurait pu, de multiples fois. Et puis, se débarrasser de sa fille à cause d'un bellâtre, on voit le résultat... Elle me toise. J'ai mal, de plus en plus mal. Les planètes explosent. Si je ne fais rien, je serai bientôt aveugle. Cette douleur, je dois la sortir de moi, l'expulser. La rendre étrangère. Je la saisis dans ma tête, tout au fond de mon crâne, et la pousse vers mon bras. Elle descend jusqu'au bout de mes doigts. Je pose ma main sur celle de grand-mère. Elle tressaille et me fixe, étonnée. Un geste de tendresse ? Elle n'a pas l'habitude. L'horrible migraine quitte mon corps pour le sien. Je retrouve la vue. Grand-mère, tu es ma douleur ! À présent, elle a ton visage, tes rides, tes grimaces et ta voix, cette voix aiguë, affreuse qui vrille ma tête.

Tu dois te taire : tu parles trop, trop mal, depuis trop longtemps. Et toi, l'insupportable machine à oxygène qui ne cesse d'éructer ce gaz, d'éterniser cette vie inutile, tu dois te taire aussi.

Je vais dans la cuisine préparer le dîner. Je pose sous ma langue un antalgique effervescent. Ma bouche s'emplit de mousse comme une épileptique.

Stupide, je suis stupide !

La douleur n'est plus en moi, c'est à grand-mère qu'il faut administrer les calmants. J'en dissous quatre dans un verre d'eau. Sur la notice, en lettres capitales : *Contient de la codéine, contre-indication absolue chez l'insuffisant respiratoire*. Je bats l'eau à l'aide d'une fourchette pour en chasser les bulles. Grand-mère se méfierait d'une purée gazéifiée. Et pour l'aider à dormir, pour endormir cette douleur malfaisante, j'ajoute trois Valium 10. Sur la notice, en caractères gras : *Contre-indication absolue chez l'insuffisant respiratoire*. Amusantes ces contre-indications, elles résonnent comme des injonctions. J'aurais dû y penser plus tôt.

Quel goût cette purée ?

Elle manque de beurre, une cuillerée de beurre des Charentes et un Valium 10… Je goûte encore, pas mal.

Elle mange avec appétit :

– Délicieuse, ta purée, pas comme celle de ta mère qui n'a jamais su cuisiner. Rien ne vaut une femme au foyer... À propos, tu ferais bien d'abandonner ton horrible métier. Je ne comprends pas ce qui t'a poussée à faire ça !

Elle s'empiffre, sa robe de chambre rouge est couverte de grumeaux de pomme de terre et de petits morceaux de viande. Le chapelet lui échappe des mains, glisse lentement sur le drap et tombe, le Christ face contre terre. Je ne le ramasse pas. Elle s'endort. Sa respiration est lente. Je nettoie les draps et sa bouche. Hier à la piscine, Sophie m'a donné une ampoule de morphine :

– Si tu as trop mal, une injection sous-cutanée avant de te coucher. Tu sauras faire ? Et surtout rapporte l'ampoule vide.

La morphine est formellement contre-indiquée chez les insuffisants respiratoires, je l'ai lu dans les traités d'anesthésie de Sophie. Comme la codéine ou le Valium. Je sais aussi qu'elle est plus efficace en intramusculaire qu'en sous-cutanée. Je pique grand-mère dans le gras de l'épaule. Sa respiration est de plus en plus lente. Elle est calme, d'un calme que je ne lui ai jamais connu. Je suis soulagée. Elle parlait trop, depuis trop longtemps. J'ôte les lunettes à oxygène de ses narines. Contre-indication absolue en cas d'insuffisance respiratoire. L'extracteur grogne toujours. Désormais, il ne sert plus à rien. Elle qui aime tant les violettes, elle en aura bientôt la couleur.

Sauf si...

Je la déshabille. Nue, elle est encore plus laide. Ratatinée comme une poupée gonflable percée. Je repère la jugulaire interne et l'artère fémorale, deux petits points au feutre noir sur la peau. Je ne peux pas faire d'entaille au bistouri, des incisions seraient suspectes... Je vais chercher mes valises, cathétérise la veine et l'artère, pose une bouteille pleine de liquide rose sur la commode près du lit et un flacon sur la moquette. Je relie la jugulaire à la bouteille et la fémorale au flacon. De grosses bulles bouillonnent dans la bouteille qui se vide. Quand elle se termine, je la remplace par une pleine. Le flacon au sol se remplit de sang. Bientôt, le liquide s'éclaircit dans les bouteilles. Je décanule les vaisseaux en tamponnant le cou et l'aine.

Surtout, pas de traces. Je masque les points de piqûre avec du fond de teint. Je sors un pot de crème rose et un tube de rouge à lèvres de ma trousse à maquillage. Je la maquille puis la rhabille. Tu es belle, grand-mère ! Plus belle morte que vivante. Tu n'as plus la couleur des violettes de Toulouse, tu as celle des roses de Marrakech.

Morte, ma douleur est enfin morte.

Quelqu'un derrière les rideaux. Je les ai vus bouger ! Je me précipite : c'est Vladimir, le chat de grand-mère. Je l'avais oublié.

Il a tout vu, tout entendu...

Sophie

Marie au téléphone, j'entends la mer.

Mais où es-tu ?

Elle rit d'un rire solaire, étincelant. Je la vois : la tête sur le côté, yeux mi-clos, elle allume une cigarette. Les lèvres pincées sur le filtre, elle parle comme un ventriloque. Des rafales de vent masquent parfois sa voix. Fatiguée, elle a pris un train, un hôtel. Un amant ?

– Tu n'y penses pas, ma dernière migraine m'a terrassée. Alors, deux jours de repos intégral. Je serai sage, très sage.

Elle rit encore. Des huîtres, elle veut des huîtres, à vingt mètres une guinguette. Elle m'invite :

– Allez, prends un train, un avion ! Ça ne te dit pas un vin blanc frappé, du pain qui croustille tartiné de beurre des Charentes ?

– Impossible, ce soir je m'occupe de grand-mère.

– Chacune son tour. Moi, c'était hier.

– Allez, petite sœur, au revoir. Je dois aller à l'école d'infirmières, je donne un cours d'anesthésie dans une demi-heure... Je suis inquiète, j'ai peur de les ennuyer.

– Parle-leur de fleurs et de soleil... Au revoir, ma Sophie, tu embrasseras grand-mère pour moi.

L'école d'infirmières.

Depuis l'accident, j'y vais trois fois par semaine. Il fait beau, les fenêtres de la salle de cours, ouvertes sur la rue, laissent entrer les dernières douceurs automnales. Le soleil embrase le tableau noir. Dans le ciel, quelques nuages blancs. Quarante filles et garçons m'attendent dans un joyeux brouhaha. Les filles en tenues légères et colorées, les garçons en T-shirts clairs. J'aimerais être sur la plage avec Marie, à même le sable, dans la chaleur de la terre, le ressac en fond d'écran, entre les mains, un roman plein de sombres intrigues, de rêves malsains et de sentiments ravageurs. J'entame mon cours :

– La semaine dernière, nous avons parlé des principes généraux de l'anesthésie et je vous ai dit à quel point les plantes contribuent au sommeil artificiel. Personne, dans la froideur d'une salle d'opération, n'imagine d'immenses champs de pavots rougeoyant à l'infini, nul n'entrevoit un groupe d'Indiens à demi nus dans la jungle, sarbacanes aux lèvres, foudroyant ennemis et animaux en pleine course ; ni ces mêmes Indiens épuisés, mâchant nonchalamment des feuilles de coca pour retrouver force et entrain… Et pourtant, nos étagères de pharmacie sont pleines de ces fleurs vénéneuses domestiquées, nos seringues remplies de leurs poisons bénéfiques. La plus belle, la plus inquiétante de ces drogues, c'est le curare, vous en avez tous entendu parler. Il nous vient des Amériques, paralyse et tue en quelques minutes. Sans lui la chirurgie n'aurait pu progresser, c'est un des trois piliers de l'anesthésie générale qui sont, je vous le rappelle, analgésie, relaxation et narcose. Le curare procure la relaxation musculaire, mais relaxation est un mot tendre : le curare fait plus que cela, il paralyse en bloquant les fibres des muscles, si j'en injecte quelques gouttes à l'un d'entre vous, à vous par exemple, Céline, qui ricanez bêtement, vos forces vont très rapidement décliner, vous ne pourrez plus bouger, plus respirer, de battre votre cœur continuera… Ne riez pas ! Le muscle cardiaque n'est pas atteint, vous serez consciente mais enfermée en vous-même. Vous entendrez tout, sentirez tout, mais serez une bûche de bois mort. Votre corps sera votre cercueil. L'injection de curare, la curarisation en langage médical, ne se conçoit pas sans analgésie, ni narcose, c'est-à-dire sans avoir anesthésié le patient au préalable. La curarisation est indispensable pour éviter tout mouvement intempestif de l'opéré : respiration, toux, hoquet ou vomissements qui gêneraient le travail du chirurgien. Imaginez-vous toussant alors qu'un bistouri frôle une de vos artères. La curarisation facilite aussi l'intubation qui consiste à mettre une sonde dans la trachée du patient, pour l'aider à respirer. Il existe deux types de curares, différenciés par leur durée d'action. La Célocurine, par exemple, agit en trente secondes, son effet dure quelques minutes, elle entraîne des trémulations musculaires : les muscles se contractent, ceux des bras, des jambes, puis ceux du tronc, le patient est secoué de tremblements, ses paupières clignent violemment, sa bouche se tord comme s'il luttait contre la paralysie… Une amie suédoise, médecin anesthésiste comme moi, a fait ses études à Uppsala. Il y a là-bas une faculté de médecine célèbre et des professeurs téméraires. Lors de travaux pratiques, on lui a injecté de la Célocurine sans l'endormir, elle a été saisie de soubresauts incoercibles et douloureux, la danse de Saint-Guy, puis rien ; le cerveau inutile, incapable et le cœur qui s'emballe, les cris dans la salle : *Vite un bouche-à-bouche, elle va mourir...* les sens décuplés, l'ouïe surtout et la peur. Elle a gardé de cette sinistre expérience un souvenir épouvantable, mal dans tous les muscles une semaine durant, dans des muscles dont elle n'imaginait même pas l'existence.

Les élèves, incrédules, s'esclaffent.

– Ne riez pas, la sensation est horrible. Je ne souhaite à personne de vivre cette expérience. Et surtout ne la faites jamais endurer à vos patients, ils doivent être parfaitement endormis tout au long de l'intervention. Il arrive en effet qu'ils se réveillent en cours d'opération alors qu'ils sont curarisés, ils entendent tout et sentent la douleur, leur cœur s'accélère, leur tension monte et ils transpirent, sachez reconnaître ces signes... car il leur est impossible de communiquer.

MARIE

Alger…

Quand le directeur me propose d'y aller, je pense à une blague. Je le rejoins dans son bureau en fin d'après-midi. J'ai de nouveau mal à la tête et son parfum répugnant de supermarché m'écœure comme jamais.

– Marie, j'ai une mission à vous confier. Un entrepreneur français et son fils ont été assassinés à Alger, les corps ne pourront pas être rapatriés tout de suite, l'enquête n'est pas terminée. Des soins sont indispensables et, là-bas, ils ne sont pas très au point. La compagnie d'assurances m'a contacté, j'ai pensé à vous. Je sais que vous n'avez peur de rien… mais je vous préviens, ce sera difficile et risqué. Vous êtes libre de refuser… si vous acceptez, vous serez largement récompensée.

Je regarde ses mains velues posées de part et d'autre de l'agenda de cuir rouge. Pour une fois, il a les ongles courts.Je détaille sa cravate verte à pois jaunes. Il a probablement une nouvelle maîtresse. Il l'emmènera ce soir au Terminus Nord. Comme toujours. J'enrage, il s'est concocté une fin de semaine douillette et, moi, il m'envoie au pays des égorgeurs.

L'Algérie, quelle idée ! Les radios, les journaux nous abreuvent tous les jours de viols, de crimes et d'horreurs en tout genre.

– Quinze mille euros, vous aurez quinze mille euros, plus les frais !

La voiture de Sophie est hors d'âge. Bientôt son anniversaire… J'accepte sans discuter.

– J'ai besoin de votre passeport pour le visa, vous partez après-demain. Un chauffeur vous attendra à l'aéroport d'Alger, il vous servira de garde du corps. Soyez prudente, pas de tourisme intempestif.

Je ne dirai rien à maman, inutile de l'inquiéter. Je préviendrai David, mon fiancé du moment, et peut-être Sophie.

Sophie

J'ai trouvé grand-mère morte sur son lit.

Je ne l'avais jamais vue sans sa sonde, elle était comme nue. Maquillée, elle semblait prête à sortir. Presque belle. Ses mains étaient glacées, son décès remontait à plusieurs heures. L'extracteur d'oxygène vrombissait, j'ai tiré sur la prise pour l'éteindre. J'ai allumé un lustre dont elle ne se servait pas, trop de clarté l'incommodait. La lumière crue a chassé la perpétuelle pénombre. Des visages de papa inconnus ont surgi aux quatre coins de la pièce : bébé, enfant, adolescent. Trente cartes de vœux sur la commode, signées de sa main : de l'année où il a su écrire à celle de sa mort. Trente *Bonne année* déclinées en trente écritures différentes, celles mal assurées de l'enfance, penchées tremblées. Celles de l'adolescence, un temps prétentieuses ; les d, les q, les t qui se cherchent, enflent puis s'incurvent à l'excès. Celles de l'âge de raison, fluides et épurées. Et la dernière, élégante et tendre.

J'ai téléphoné à maman du salon, elle a dit froidement : « J'arrive... »

Insupportable, ce parfum de violette !

Je suis sortie. J'ai attendu ma mère dans la pâtisserie d'en face. J'ai dévoré un mille-feuille, un baba au rhum puis une religieuse au café. Quand elle est arrivée, j'avais la bouche pleine et les mains poisseuses.

On enterre grand-mère samedi, dans le caveau familial, près de papa. Marie n'assistera pas aux obsèques. Elle part en mission à l'étranger, elle n'a pas dit où.

Peut-être ne le sait-elle pas elle-même ?

Je donne un nouveau cours à l'école d'infirmières. Je parle aux étudiants de deux agents intraveineux très en vogue : le Gamma OH et la Kétamine.

– Le Gamma OH procure un sommeil de mauvaise qualité, il n'est plus guère utilisé qu'en obstétrique. On l'appelle aussi GHB ou drogue des violeurs. Il est inodore, incolore, sans saveur. Il peut être mélangé sans attirer l'attention à un liquide ou à un aliment. Son administration par voie orale provoque en vingt minutes un état d'ébriété. Le GHB supprime la volonté et le libre arbitre. La victime perd sa capacité de jugement et ses inhibitions. Elle semble consentante et laisse les personnes mal intentionnées abuser d'elle. Le drogué n'a aucun souvenir de ce qu'on lui a fait subir. À forte dose, la drogue entraîne un sommeil profond, voire un coma.

La description des effets du produit émoustille les garçons, ils proposent aux filles des GHB parties.

– Du calme, jeunes gens, ne rêvez pas. L'usage du Gamma-OH à des fins non médicales est sévèrement puni par la loi, comme celui des stupéfiants…

Marie est à la piscine, elle veut me voir avant son départ. Si je ne finis pas trop tard, je pourrai nager quelques longueurs avec elle. Ensuite nous irons rue de Lappe boire un cocktail, perdues dans d'immenses fauteuils de cuir noir.

Mathilde bâille.

– Un peu de retenue, Mathilde ! Passons à la Kétamine. Ce produit vous intéressera autant que le précédent. Il a été largement utilisé dans les années soixante-dix. Presque abandonné, il est de nouveau employé non plus comme anesthésiant mais comme antalgique. Il procure une anesthésie dissociative, les patients ne donnent pas l'impression d'être endormis, ils gardent les yeux ouverts. C'est très bizarre, leurs yeux roulent en tous sens, comme lors d'un rêve. Vous pensez qu'ils vont hurler quand le bistouri va entailler leur peau, mais non, ils sont imperturbables. Le principal intérêt du produit est qu'il procure, justement, une bonne analgésie. Son utilisation comme agent anesthésique s'est peu à peu réduite à cette seule indication car c'est un puissant hallucinogène et les réveils peuvent être très pénibles pour l'anesthésié.

Je jette un coup d'œil discret à ma montre. Je serai à l'heure, il fait doux, je pourrai bronzer sur la pelouse de la piscine Molitor. Je vois Marie, allongée dans le soleil.

– Comme le Gamma OH, la Kétamine a vu son usage détourné à des fins récréatives. En effet, à petites doses, par voie intraveineuse, elle entraîne une perte de la notion du temps, une euphorie, une agréable sensation d'ivresse. Exactement l'état dans lequel vous vous trouvez, Mathilde. Si vous fermez les yeux, bientôt des images colorées vont défiler et, quand vous les ouvrirez, le monde vous paraîtra bizarre, les charmants camarades qui vous entourent se seront transformés en anges ou en démons, selon votre humeur. Samuel, dont le rire gras nous incommode tant, se muera, à n'en pas douter, en pourceau répugnant. À plus forte dose, le monde alentour disparaîtra, vous évoluerez dans des mondes étranges, cotonneux, vous ne sentirez aucune douleur. À dose encore plus forte, votre corps se dissociera de votre esprit, vous pourrez flotter dans l'air et voir votre enveloppe physique allongée quelques mètres plus bas. Pour certains, cette sensation est horrible, l'idée de ne pas pouvoir réintégrer leur corps les terrorise. Cela, couplé aux hallucinations visuelles, à une distorsion des sons, explique pourquoi certains réveils sont si éprouvants. Dans une atmosphère calme et sereine, l'expérience peut, au contraire, être très agréable. C'est pourquoi la Kétamine, appelée aussi Ketty, Keta ou Kit Kat, rencontre un grand succès chez ceux qui veulent gagner les frontières de la mort et expérimenter ce que les rescapés d'un coma ou d'un accident très grave ont vécu...

Marie

Ahmed conduit très vite, il jette de temps à autre un regard étonné dans le rétroviseur, nos yeux se croisent sur le verre. Il parle un français parfait :

– Vous avez du courage, les étrangers ne viennent plus en Algérie depuis longtemps.

Alger s'étale sur ses collines comme une salamandre blanche.

– Vous pensez que je n'aurais pas dû ?

Il caresse sa barbe noire mal taillée. Elle est laide, elle le défigure.

– Non, non, avec moi vous ne risquez rien, et puis ça fait plaisir de voir des gens d'ailleurs, des gens qui vivent normalement dans des pays normaux. Ici, on est enfermé dans un asile de fous, un asile où les plus forts font ce qu'ils veulent. Des barrières infranchissables nous entourent, pas moyen de sortir, personne ne veut de nous, et puis, si on s'entretue, tant mieux, ça arrange tout le monde.

Les rues défilent. C'est fou, ça ressemble à Nice ou à la rue de Rivoli, des immeubles dix-neuvième avec du linge aux balcons comme à Naples ou Syracuse. Sur les trottoirs, des femmes voilées, des femmes sans voile. Des enseignes, des affiches en français et en arabe, cela donne une impression dérangeante de proximité et de distance : c'est et ce n'est pas la France. La vie, les foules sur les trottoirs, les sourires et les rires, nos unes de journaux ne montrent jamais ça.

Ahmed me dépose devant l'hôtel Aletti, un palace assoupi et délabré des années quarante complètement vide. Avec le concierge, nous parcourons des kilomètres de couloirs. Ma chambre est face à la mer. Assise sur la balustrade du balcon, je regarde le port, l'air est doux, la mer étale, la baie magnifique : un cercle parfait.

Une foule de piétons arpente le front de mer, des hommes surtout, les femmes sont seules ou en petits groupes. Le soleil se couche, le ciel et la mer virent à l'orange, au rose, puis au violet, le boulevard se vide. J'ai faim.

Dans la salle de restaurant, personne. D'énormes lustres poussiéreux aux ampoules torsadées, grillées pour la plupart, dispensent une pâle lumière blanche. Ambiance sinistre. Le maître d'hôtel m'installe :

– Voulez-vous un apéritif ?

Je souris :

– Oui, si vous trinquez avec moi. Boire seule dans un restaurant désert n'a rien d'excitant.

– Ah, si vous aviez connu ce palace du temps de sa splendeur !

– J'imagine, il a de beaux restes.

– Comme cette ville, c'était la plus belle de Méditerranée.

– L'hôtel semble vide.

– Exact, vous êtes la seule cliente ce soir. La semaine dernière, il y avait encore quelques hommes d'affaire étrangers mais, depuis qu'ils ont tué cet industriel pied-noir et son fils, ils sont partis et ceux qui avaient réservé ont tous annulé.

Je dîne avec pour seule compagnie mon reflet sur une fenêtre et les bateaux ancrés dans le port.

– Pensez-vous que je pourrais sortir après dîner ?

Le vieux serveur écarquille les yeux comme si j'avais prononcé une insanité :

– Je ne vous le conseille pas. À Alger, une femme ne sort jamais seule la nuit. Et puis vous êtes étrangère, une très bonne cible par les temps qui courent !

Je rejoins ma chambre, frustrée. J'aurais aimé marcher dans la douceur méditerranéenne, flâner insouciante.

Une sale journée m'attend demain.

Sophie

Routes de campagne, forêts et vallons, désert vert et eau. Paris n'est qu'à soixante-dix kilomètres. Mon chef de service m'a proposé une journée par semaine dans un hôpital psychiatrique :

– L'endroit est superbe et c'est bien payé. Quelques anesthésies le matin pour ne pas perdre la main, l'après-midi vous pourrez vous promener. Il y a une foule de choses à découvrir : Pierrefonds, Soissons, Compiègne et sa forêt. Ça vous changera de Paris et de Bichat.

L'asile se dresse dans la brume, des vasques pétrifiées festonnent les hauts murs d'enceinte tapissés de lierre. À l'entrée, deux sphinges moussues, énigmatiques et souriantes, montent la garde. Des bâtiments aux lignes classiques et pures. Pilastres corinthiens, frontons, bas-reliefs sculptés ornent les façades. Le ciel gris se reflète sur les ardoises humides des toits. Les hautes cheminées sans fumée attisent la certitude de solitude et d'abandon. D'immenses hêtres ceinturent l'ancienne abbaye comme une deuxième muraille.

Quelques silhouettes défilent derrière des fenêtres à petits carreaux, s'arrêtent parfois et me fixent. Les courtisans, à l'habit pauvre et défraîchi, au pas mécanique et saccadé, arpentent la cour sans but. De temps à autre, ils lèvent la tête vers le ciel, éclatent de rire ou poussent des cris stridents, en écho aux oiseaux.

Une infirmière blonde et jolie m'introduit dans le bureau du médecin chef ; des boiseries claires, une bibliothèque surchargée. Incongru, *Les Malheurs de Sophie* de la comtesse de Ségur, côtoie des traités d'anatomie et de psychiatrie générale. Une voix chaude et grave m'accueille :

– Bienvenue à notre nouvelle anesthésiste !

Un homme, cheveux poivre et sel, sourire avenant, me tend la main. Il est beau, la cinquantaine, l'antithèse du psychiatre, à son poignet gauche une montre de prix en acier brossé. Je le vois soulevant des poids dans une salle de sport après un long jogging au bois de Boulogne. Il se douche en sifflant, se parfume, s'habille de noir et rejoint un mannequin au Costes.

– Votre prédécesseur est parti brusquement, il y a un mois. Cela nous a posé de sérieux problèmes : plus de convulsivothérapie ! Nous avons dû transférer les patients qui en avaient le plus besoin.

– Combien d'électrochocs par semaine ?

Il fronce les sourcils :

– Je n'aime pas beaucoup ce terme, sa connotation sadique... entre trois et six.

– Le jeudi ?

– Oui et, si le jeudi est férié, le mercredi. Venez, je vais vous montrer vos appartements.

De longs couloirs défraîchis, du salpêtre sur les murs, une peinture grisâtre qui s'écaille en larges plaques, une odeur de grésil et de sueur et le silence rompu par le bruit de nos pas sur les tomettes couleur brique. Parfois, une porte s'ouvre sur un regard halluciné puis se referme très vite, mon collègue accélère de peur que ces corridors sinistres et hantés ne me dissuadent de rester.

– Nous allons tout repeindre cet été, vous m'aiderez à choisir les couleurs.

Nous grimpons un escalier en colimaçon, une grosse femme nous guette en haut des marches, deux mamelles répandues hors d'un corsage douteux ; une gaine trop petite, maculée, enserre des bourrelets vergeturés.

– Ah, c'est le beau docteur, lâche-t-elle.

Elle me scrute d'un air mauvais :

– Qu'est-ce tu viens faire ici ?

– Larissa, une adepte des électrochocs, comme vous dites, murmure-t-il à mon oreille.

Il sort une grande clé rouillée de sa poche, la tourne dans la serrure et pousse une porte en chêne massif. Un vaste bureau en fer, à droite un lit.

– Pourquoi un lit ?

– Le précédent locataire était un inconditionnel de la sieste, j'en avais assez de le voir squatter les chambres des malades.

– Vous pouvez le retirer, je ne m'en servirai pas.

– Certains jours, vous aurez beaucoup de travail, vous serez ravie de pouvoir vous allonger.

J'ouvre la fenêtre et m'assois sur la balustrade humide, le froid de la pierre transperce mon jean. Au loin, les hêtres décharnés par l'automne accrochent des lambeaux de brouillard, le ciel est opaque, uniformément gris.

Nous continuons la visite. Pêle-mêle, le réfectoire, l'infirmerie, les douches, la salle d'intervention. Tout est vieux, sale et triste. Le matériel d'anesthésie est obsolète, il faudra le changer. Le jour décline, une sourde angoisse m'étreint.

– Je dois rentrer, dis-je, je n'aime pas conduire la nuit.

– Mais non, vous restez ! Nous dînerons ensemble.

– Vous avez passé une bonne nuit ? demande Ahmed.

– Pas vraiment, je suis angoissée.

– À vous occuper des morts, c'est normal.

– Comment savez-vous cela ?

– Je le sais… Vous devriez être habituée.

– C'est la première fois que je m'occupe d'hommes assassinés.

– Bof, un mort, c'est un mort…

Nous roulons. Des immeubles haussmanniens, des cariatides aux seins mutilés.

– On leur a coupé les seins ?

– Ça choquait les bons musulmans.

Un bâtiment mauresque ogival et rond.

– La Grande Poste, commente Ahmed, elle a été construite par les Français.

Les rues sont blanches, bordées d'arbres. Une femme voilée sort d'une boulangerie, deux baguettes sous le bras. Des hommes, rasés de près, en costume gris, attaché-case à la main, se pressent au travail. Des barbus en djellaba flânent au soleil. Nous escaladons un long boulevard. Vues éblouissantes de la ville et du port. Là-bas, un amas de cubes blancs dégringole vers la mer, la Casbah. Des collines boisées encerclent immeubles et maisons, deux chaînes de montagnes enneigées barrent l'horizon.

Je suis nouée.

Des quartiers pauvres et sales, des baraques en tôle ondulée, des maisons délabrées aux tuiles rouges, un marché préfabriqué aux étals couverts de fruits et légumes de saison. Des paraboles, partout.

Un immense cimetière dévale jusqu'à la route. Des milliers de petites tombes blanches se bousculent sous les oliviers, les cyprès, les pins et les eucalyptus. Des femmes voilées sont assises à même les tombes, des enfants courent en criant. Des hommes somnolent, la tête appuyée sur les stèles. C'est un lieu ouvert, à échelle humaine, à l'inverse des nôtres chargés de marbre, de statues et de granit gris, doublement morts. Ahmed se tourne vers moi :

– Le cimetière d'El Kettar, nous ne sommes plus très loin.

Après une longue vérification d'identité, la barrière de l'hôpital se lève. Ahmed stationne devant la morgue.

– Venez me chercher à midi, dis-je, nous irons quelque part.

J'ai soudain la nausée.

Sophie

Doux après-midi d'automne. Le vent du sud-ouest, humide et tiède, agite les arbres. Les feuilles des marronniers, tulipiers et catalpas meurent avec élégance. Le parc de l'asile flamboie, les colchiques couvrent des pelouses moribondes. Sur les plates-bandes, les feuilles en décomposition, accumulées depuis des années, laissent s'échapper des bouquets de nérines roses, des buissons d'asters parme. Les dahlias, à bout de souffle, attendent les premières gelées pour en finir enfin. Les rosiers, aux fleurs maigres et anémiques, pointent leurs épines scintillantes sous la pluie.

– Comment tu t'appelles ?

Je sursaute, je n'ai pas entendu approcher le jeune homme brun et mal rasé qui m'interpelle.

– Sophie, et toi ?

– Moi, c'est Ahmed. T'es nouvelle ici ?

– Oui, je viens d'arriver.

– Pourquoi on t'a mise là ? Ça ne tournait pas rond dans ta tête ?

Je souris :

– Je suis le nouveau médecin anesthésiste.

Il recule, effrayé :

– Pourquoi t'es venue ? Depuis que l'autre est parti, on est tranquilles, on n'a plus de séances de gégène.

– Que veux-tu dire ?

– Y'a plus personne pour nous mettre de l'électricité dans la tête. On arrivait dans la salle de torture, il nous attachait, nous faisait une piqûre, on dormait un peu, et puis on était réveillés par une grande décharge électrique, on se sentait bizarres, on pouvait plus bouger, et puis on tombait dans les pommes tellement ça faisait mal. Après, on sentait nos muscles des jours et des jours. Bon Dieu, ça va recommencer !

– Mais non, rassure-toi, je ne suis pas comme lui, je ne te torturerai pas.

– Jure-le.

– Je te promets.

– Pourquoi t'es venue alors ?

– Pour aider les psychiatres à vous soigner... Et toi, pourquoi es-tu là ?

– Ils disent que je suis un grand déprimé.

Nous marchons jusqu'à la rivière, de longues algues vertes ondulent dans le courant. J'insiste :

– Pourquoi ?

– Je ne sais pas, depuis que je suis en France, je n'ai plus envie de rien.

– D'où viens-tu ?

– D'Alger, je vivais là-bas avec mes parents et mes deux sœurs. Ma mère est française, un jour les islamistes ont dit à tous les étrangers de partir. Maman n'a pas fait attention, elle ne se sentait pas étrangère, ça faisait plus de vingt ans qu'elle vivait là, et puis ils ont commencé à tuer les Européens. Elle a eu peur, elle ne sortait plus. Rachid, un voisin barbu qu'on aimait bien, et deux copains à lui sont venus un soir, ils ont dit à mon père que ma mère était en danger, qu'elle avait une semaine pour s'en aller. Le vendredi d'après, papa l'a emmenée à l'aéroport avec mes sœurs, elles ont pris l'avion pour Paris et, moi, je suis resté seul avec mon père et ma grand-mère. La maison était vide, je cherchais maman et mes sœurs toute la journée, je rentrais dans leurs chambres, je les appelais, je rêvais d'elles chaque nuit. Maman disait qu'elles étaient de l'autre côté de la mer, en face. Alors, quand j'en avais assez de tourner en rond, j'allais à la plage, je m'asseyais sur les rochers avec l'espoir de les voir mais, j'avais beau chercher, il n'y avait que de l'eau et des mouettes.

Cinq oiseaux noirs s'acharnent sur un lièvre mort. Ahmed se précipite, ils s'envolent en croassant.

– Saloperies, même les mouettes sont noires dans ce pays !

– Ce sont des corbeaux, pas des mouettes.

Il hausse les épaules et poursuit :

– Un jour, j'ai pensé que si j'attrapais des mouettes pour les accrocher à une chaise, elles m'emmèneraient en France. J'ai essayé, j'ai mis de la glu sur les rochers, j'en ai attrapé trois d'un coup, elles criaient comme des folles, mais c'est méchant les mouettes, quand j'ai essayé de les décrocher, elles m'ont mordu. J'ai imaginé qu'avec les pigeons ce serait plus facile, et puis les pigeons ça voyage, j'ai mis des graines sur la terrasse et, avec un filet, j'en ai attrapé douze, j'en ai accroché six au pied droit d'une chaise et six au pied gauche, je me suis assis face à la mer et, avec un bâton, je les ai tapés pour qu'ils s'envolent. Ils se sont envolés, mais ils sont retombés à terre, la chaise était trop lourde, j'étais désespéré. Mon père m'a trouvé le soir pleurant sur la chaise avec les douze pigeons qui sautillaient autour de moi. Quand il a su pourquoi j'avais fait ça, il a décidé de m'envoyer en France. Et je suis venu habiter Gennevilliers. Ça fait deux ans. J'ai jamais pu m'habituer à ce bled, il fait froid, il pleut tout le temps, et maintenant c'est mon père qui me manque. Quand j'ai appris qu'il s'était remarié à Alger, j'ai arrêté de manger, je n'avais plus envie de vivre. Je suis devenu maigre, je regardais des DVD sans arrêt pour oublier, je séchais les cours au lycée, le docteur a dit à ma mère que si on ne faisait rien, j'allais mourir. Alors on m'a mis ici et maintenant je revis un peu. Mais l'Algérie me manque, la mer, le soleil, la lumière, les arbres qui grimpent comme des fous vers le ciel… Les jeudis, on allait au jardin d'Essai, tu peux pas imaginer comme il est beau. Bien plus que cette forêt qui étouffe l'asile et l'emprisonne comme un barbelé géant. Dans ma chambre, j'ai un livre sur l'Algérie avec des photos du jardin. Je te le montrerai.

Les feuilles d'un saule pleureur tourbillonnent emportées par les eaux, la nuit tombe, une odeur de terre mouillée et de feuilles pourries imprègne l'air.

Marie

Il est quinze heures passées. Je sors de la morgue épuisée. La lumière du jour et le formol brûlent mes yeux. Je titube jusqu'à la voiture.

– Excuse-moi, Ahmed, je ne pensais pas que ce serait aussi dur… j'ai mis plus de temps que d'habitude… désolée, on ira au restaurant une autre fois, je ne peux rien avaler. Ramène-moi à l'hôtel.

– Comme vous voudrez.

Je pleure. Il tousse, un peu gêné.

– Marie, je ne vais pas vous laisser seule, je vous emmène chez moi, ma mère s'occupera de vous. On a une belle maison au bord de la mer, à Baïnem… ça vous changera les idées.

– Ta mère sait pourquoi je suis à Alger ?

– Non, je n'ai rien dit.

– Pourquoi ?

Il ne répond pas, il ne veut pas répondre.

Sa mère m'accueille sans poser de questions.

Elle m'installe dans un salon face à la mer. Deux araucarias dépenaillés dressent leur squelette dans le jardin, la Méditerranée s'étale à l'infini, une poignée de jasmin jetée sur un plateau de cuivre embaume la pièce. J'oublie l'odeur de la morgue. Samira parle un français sans accent :

– Depuis la mort de son père, Ahmed ne fréquente plus que la mosquée et ses amis islamistes, vous êtes la première étrangère à venir chez nous cette année…

Un islamiste chargé de ma sécurité !

Je ferme les yeux, je suis en France en bord de mer, une amie de ma mère parle de son fils, de ses problèmes. Ce que j'ai vécu ce matin, ce que je vis maintenant n'est qu'un affreux cauchemar. Quand il fera nuit, nous irons dîner sur la Croisette.

Ici, le soleil se couche à gauche. À Cannes, c'est à droite qu'il se couche. Est-ce le même soleil ? Est-ce la même mer ? Je n'en suis pas sûre. Dans ce pays, l'horizon est rouge sang !

Samira allume la télévision :

– Excusez-moi, c'est ma fenêtre sur le monde, mes seuls moments de rêve. Ma façon à moi de voyager, d'entendre parler français et surtout de ne pas l'oublier. Je vois des pays où l'on peut sortir, discuter et s'aimer librement. Les histoires n'ont pas d'importance.

TF1, le feuilleton du soir, une terrasse, un couple attablé, un décor de bord de mer...

Sophie

Une terrasse, un couple attablé, un décor de bord de mer. TF1, le feuilleton du soir. Les pensionnaires passent leurs journées face au poste de télévision, hypnotisés par les images. Le récepteur est installé dans une salle de classe du dix-neuvième siècle. Les pupitres de bois sombre ont toujours leur encrier de porcelaine blanche, certains encore tachés d'encre violette. J'imagine un instituteur en blouse grise et des élèves en uniforme. Nul ne prête plus attention à la France amputée de l'Alsace-Lorraine qui somnole sur une vieille carte de géographie, pas plus qu'au squelette édenté qui se balance au gré des courants d'air. L'instituteur a été remplacé par un écran intarissable et les enfants par une assemblée hétéroclite d'hommes et de femmes cabossés par la vie. Il y a un siècle, cette salle était une fenêtre sur l'avenir et l'espoir ; aujourd'hui, c'est l'adjuvant cathodique indispensable des anxiolytiques, neuroleptiques et autres camisoles.

La foule des déprimés, des schizophrènes, des suicidaires marche sur le sable de Venice Beach, environnée d'hommes et de femmes body-buildés et superbes. Les anonymes de l'asile vivent quelques instants la vie des stars de Hollywood. Les voilà qui montent dans des limousines démesurées, dînent dans les restaurants chics d'Atlantic Boulevard et dansent au bras de créatures de paradis dans les boîtes à la mode de Miami Beach. Les ors de l'Amérique maquillent leur quotidien.

Je reconnais Larissa. Elle dévore, bouche bée, l'amour de carte postale qu'elle ne connaîtra jamais. Des larmes coulent sur ses joues fripées.

Quels souvenirs cuisants éveillent les images de plastique ?

Deux hommes hochent sans cesse la tête, affolés par la bouche rouge baiser de l'héroïne. Une femme distinguée dénote, elle essuie une larme, elle aussi. Je m'assois près d'elle. Le poêle à charbon, sur ma gauche, dispense une douce chaleur, le verre de façade aux reflets mica, irisé par les longs hivers de l'Aisne, laisse deviner le ballet des flammes.

Si bel écran !

Je m'y noie, le générique de fin en bande-son.

Je rêve d'horizons lumineux, d'arbres gigantesques à l'assaut du ciel, de maisons blanches qui dévalent jusqu'à la mer...

Marie

La nuit a avalé la ville. L'eau noire de la Méditerranée reflète la lumière orangée des réverbères aux lampes à sodium. Le vent d'est charrie feuilles mortes et papiers gras. Quelques passants pressés marchent sur le boulevard. Sur le balcon, il fait de plus en plus frais. J'ai froid, j'ai faim. Je me décide à rejoindre la chambre.

L'ascenseur de l'hôtel est en panne, il faisait un bruit inquiétant. J'emprunte un escalier démesuré pour gagner le restaurant. Un silence monumental enveloppe tout, la vie a déserté l'hôtel. Omar, le vieux serveur, regrette encore la splendeur passée du palace :

– Les femmes étaient belles comme des mannequins. Couvertes de fourrures l'hiver, presque nues l'été. Il y avait sans cesse des concours automobiles, des cocktails, des dîners dansants. Les parents dansaient le tango, le fox-trot, les enfants des rocks enfiévrés. Ils étaient riches, insouciants et arrogants... mais ils avaient de la gueule... J'ai même rencontré le général.

– Lequel ?

– Le général de Gaulle, voyons ! répond-il, vexé.

Un homme se présente à l'entrée, un Européen d'une cinquantaine d'années, grand, plutôt beau, une barbe de deux jours. Omar l'installe à l'autre extrémité de la salle et nous dînons aux antipodes. Nous échangeons des regards intrigués, puis amusés. Le bruit de nos couverts résonne dans l'immense pièce vide. À la fin du repas, il s'avance :

– Antonio Gimenez, accepteriez-vous un digestif ?

Je le détaille, il est vraiment beau. Je finis par répondre :

– Volontiers, asseyez-vous.

Il s'installe face à moi, sa chaise racle le sol, écorchant le silence. Omar, à demi assoupi, sursaute.

– J'imagine que vous n'êtes pas à Alger par plaisir.

– Pas vraiment, je suis en mission. Et vous ?

Il a les traits fins, des yeux très bleus, les cheveux poivre et sel coupés court, une bouche sensuelle. À son poignet gauche, une très belle montre en acier brossé. Sa voix est grave :

– Quelle version voulez-vous ?

– Il y en a plusieurs ?

– Oui, je pourrais simplement dire que je suis venu pour un enterrement et passer à quelque chose de plus futile ou bien raconter un peu ma vie, expliquer pourquoi je suis là, qui j'ai enterré, quand et comment je l'ai connu.

Je regarde sa montre :

– Il est tôt, j'opte pour la version longue.

– À une condition, que vous me racontiez la raison de votre présence ici.

Je ne réponds pas, je suis fascinée par sa bouche, il a de belles dents, un regard envoûtant, des mains de travailleur de force.

– Vous ne voulez pas ? insiste-t-il.

– Parlez, nous verrons quand vous aurez terminé.

Il passe la main dans ses cheveux, étend les jambes.

– Je suis né à Alger, il y a bien longtemps, de parents républicains qui avaient fui Franco. Mon père et ma mère enseignaient l'espagnol, papa au lycée Gauthier, un lycée de garçons, et maman au lycée Delacroix, un établissement pour jeunes filles. J'ai grandi avec mes sœurs dans cette ville magnifique, vous n'imaginez pas à quel point elle était belle. Parfaitement tenue, la beauté méditerranéenne alliée à la rigueur européenne, notre niveau de vie était élevé... La vraie *dolce vita*. La mer à tous les coins de rue, le soleil à profusion, une nature exceptionnelle. Les environs d'Alger sont somptueux, l'hiver nous allions skier à Chréa ou Tikjda, deux stations de montagne. Et, dès le mois d'avril, les plaisirs de la mer dans la baie d'Alger, pas loin d'ici, au Rowing Club ou, à une demi-heure de voiture, au Club des Pins ou à Moretti. Les rues étaient pleines de filles superbes, de garçons à la dernière mode, les terrasses de café débordaient sur les trottoirs... Une intense joie de vivre. Les magasins regorgeaient. Au mois de mai, les communiantes envahissaient les églises, comme de petits oiseaux blancs sortis des cages immaculées d'Alger la blanche... Heureux, nous dansions sur le volcan. Quand nous allions en Kabylie, des gourbis peuplés de pauvres gens émaillaient la route, des gamins en haillons vendaient des œufs que nous marchandions. Tout cela nous paraissait normal, exotique, la condition de notre bien-être. Et puis la guerre est arrivée, les manants réclamaient leur part. La *dolce vita* a été foudroyée. Les attentats ont endeuillé Alger, les nuits n'étaient plus ce qu'elles étaient, écourtées par le couvre-feu. Comme aujourd'hui. La vie s'est ralentie, tendue. L'indépendance approchait, nous sommes partis en France. Je n'étais pas revenu depuis mille neuf cent soixante-deux. À première vue rien n'a changé mais, si vous regardez de plus près, les immeubles sont déglingués, mal entretenus, les gens tristes et pauvres, la belle femme a mal vieilli. J'ai commencé mes études de médecine à la faculté d'Alger, je m'y suis fait quelques amis musulmans avec lesquels j'ai gardé le contact, plus particulièrement avec l'un d'eux, psychiatre comme moi. C'est pour lui que je suis là aujourd'hui, il a été assassiné voilà deux jours : trop francophile, trop humaniste, trop démocrate. Non contents de nous avoir chassés, ils veulent extirper ce qu'il reste de présence française : la culture, la langue et les hommes qui la parlent... On a enterré Rachid ce matin.

– La douleur, les souvenirs et la nostalgie. Triste retour aux sources.

– Il y a un cinéma sur le trottoir d'en face, il n'a pas changé, je me souviens y avoir vu *Babette s'en va en guerre* avec Brigitte Bardot et Francis Blanche, au début des années soixante. Après la séance, ma mère, mes sœurs et moi avons marché sur le front de mer, la nuit tombait, les lustres sous lesquels nous sommes assis ce soir se sont allumés, derrière ces grandes baies vitrées bleues. Il faisait bon, c'était magique. J'ai dit à maman : « Quand je serai médecin, j'aurai beaucoup d'argent, je t'emmènerai dîner à l'Aletti. » Nous n'imaginions pas à quel point les choses allaient changer... Nous vivions sur une terre que nous ne connaissions pas, une abstraction, l'idée que nous nous faisions du monde idéal. J'ai renoué avec ce pays et je me rends compte à quel point je l'aime encore, à quel point il est resté proche... Avez-vous remarqué, tout le monde parle français ? En fait, Alger, c'est Brigitte Bardot aujourd'hui, sans oublier ce qu'elle a été dans les années cinquante.

Sa main effleure ma main.

– Maintenant, racontez-moi votre histoire, qu'avez-vous fait, que faites-vous de votre vie ?

Sa jambe frôle la mienne, il demande pardon, je souris :

– Je suis thanatopractrice.

Il sursaute :

– Incroyable, comment peut-on passer sa vie avec les morts quand on a le physique que vous avez ?

– La mort s'acharne sur la beauté et la détruit. Ce métier est ma revanche, je rends les morts plus beaux... J'avais dix ans quand mon père est mort d'un choc allergique.

Des images cuisantes surgissent du passé.

Papa est dans sa chambre avec le docteur Catoire, notre médecin de famille. Nous regardons un film à la télévision. *Toi le venin* avec Robert Hossein. Nous entendons hurler :

– Madame, venez vite !

J'ai peur, je serre maman dans mes bras, elle me repousse et se précipite au premier étage. Ma sœur Sophie et moi courons derrière elle. Papa est allongé sur le lit, sa peau est bleue. Le médecin, affolé, crie à maman :

– Aidez-moi à le mettre à terre, je n'arrive pas à le masser correctement, son cœur s'est arrêté après l'injection, prenez-le par les pieds, moi je m'occupe des épaules, Sophie tiens-lui la tête.

Papa est sur la moquette, maman sanglote.

– Appelez le Samu au lieu de pleurer ! crie le docteur.

Il se penche vers papa, appuie sur sa poitrine avec les deux mains puis souffle dans sa bouche.

– Il vomit, donnez-moi des serviettes !

Papa a vomi les spaghettis de midi, ils maculent la moquette blanche, le médecin a des morceaux de pâte sur le menton, il appuie toujours sur la poitrine de papa, lui aussi a envie de vomir, mais il se retient. Je nettoie la bouche de papa. Le docteur souffle à nouveau dans papa. Maman revient, elle est blanche comme les draps :

– Le Samu sera là dans moins de dix minutes.

Le médecin transpire, il a enlevé sa veste, sa chemise est trempée, pleine de taches de sauce tomate, ça sent fort le vomi.

– Vous croyez qu'il va s'en sortir ?

Il ne répond pas, prend le poignet de papa et secoue la tête. Le Samu est là : deux hommes, une femme en pyjama blanc et manteau bleu sur lequel est écrit *Samu 92*. Ils mettent un masque sur le visage de papa relié à un ballon, ils appuient sur le ballon, ils remplissent des seringues, ils collent des ronds de papier blanc sur sa poitrine.

– Que s'est-il passé ? demande la femme.

– Il a une pneumonie, répond le docteur Catoire, j'ai injecté du Clamoxyl en intramusculaire, il est devenu tout rouge puis s'est arrêté de respirer. J'ai fait du bouche-à-bouche et un massage tout de suite... il a vomi.

La femme s'adresse à maman :

– S'il vous plaît, laissez-nous.

Nous allons dans le salon, maman ronge ses ongles, Sophie pleurniche, je suce mon pouce. Après une demi-heure, l'équipe du Samu et le docteur sortent de la chambre, maman se lève.

– Je suis désolée, dit la femme en blanc, il a fait un choc allergique à la pénicilline, ça ne pardonne pas.

Maman est encore plus blême :

– Vous voulez dire qu'il est mort ?

La femme acquiesce.

– Que dois-je faire ? implore-t-elle.

La femme détourne la tête et murmure :

– Appelez les pompes funèbres.

Une voiture de police, sirènes hurlantes, traverse le boulevard du front de mer. Je sors de l'enfance, j'ai parlé comme une petite fille de dix ans. Je reprends ma voix d'adulte froide et posée :

– Dans les heures qui ont suivi, je n'ai plus reconnu mon père, son visage s'était durci, figé. Pour la première fois, j'ai eu peur de lui. Une femme est arrivée, un agent des pompes funèbres, elle s'est occupée de lui deux heures, j'ai assisté à tout, cachée derrière un rideau. Quand elle a terminé, papa était comme je l'avais toujours connu, rose et beau. J'ai décidé, ce jour-là, de faire ce métier.

De temps à autre, la jambe d'Antonio Gimenez touche la mienne, il ne s'excuse plus.

– Ça ne me dit toujours pas pourquoi vous êtes là.

– Je suis venue pour des soins... deux industriels français ont été assassinés, un père et son fils.

– Tués par balle ?

– Non, égorgés.

Je pleure, il pose sa main sur la mienne.

La salle d'anesthésie est à l'abandon, comme le jardin. Je fais l'inventaire du matériel. Consternant...

– Je ne travaillerai pas ici sans une remise aux normes, dis-je au médecin chef.

– Nous n'avons pas beaucoup de moyens, ne soyez pas trop exigeante !

– Comment avez-vous pu pratiquer des électrochocs sans électroencéphalographe ?

– Notre anesthésiste était particulièrement doué.

– Je ne le suis pas et je ne ferai pas d'anesthésies d'un autre âge. D'ailleurs, vous pourriez vous passer de moi, ça vous coûterait sûrement moins cher encore. Rappelez-vous, quand cette technique a été mise au point, le patient n'était pas endormi. On l'attachait, on mettait une canule entre ses dents pour qu'il ne morde pas sa langue et on l'électrocutait. Il y en a eu des fractures liées aux convulsions ! Depuis l'utilisation des curares, on n'en a plus jamais vu.

– Je ne veux pas retourner au siècle dernier, je veux simplement voir le malade convulser.

Les électrochocs consistent à envoyer du courant électrique dans le cerveau pour déclencher une crise d'épilepsie, celle-ci provoque de violentes contractions musculaires. Les crises d'épilepsie répétées sont censées traiter divers états psychiatriques : les grandes dépressions, certaines psychoses. Les douleurs liées au passage du courant, les fractures provoquées par les tensions extrêmes qui s'exercent sur les os ont conduit les médecins à anesthésier les patients. Quand les curares ont été disponibles, on a pu supprimer les convulsions et éviter ainsi les accidents qu'elles entraînent.

Les convulsions sont les seuls témoins visibles de la crise d'épilepsie. En les faisant disparaître, on ne sait plus si le courant électrique est efficace. Le seul moyen dont nous disposons est l'enregistrement de l'activité du cerveau à l'aide d'un électroencéphalographe, dispositif qui permet de savoir avec précision s'il y a crise ou pas.

Mon prédécesseur a adapté sa technique d'anesthésie au manque de moyens, il endormait et curarisait peu les malades – au risque de les faire souffrir. Ainsi les convulsions persistaient et la crise restait visible. Je comprends la terreur d'Ahmed. Je martèle :

– Pas d'anesthésie sans électroencéphalogramme !

Antonio tend un mouchoir de papier, je sèche mes joues et mes paupières.

– Je suis Éros et vous Thanatos, dit-il en souriant.

Je serre sa main.

– Ce matin, je suis allée à la morgue. Des agents m'ont indiqué les casiers des deux hommes. Ils les ont ouverts...

Je pleure encore.

– Il y avait une expression si horrible sur les deux visages : de la terreur, de la souffrance, du désespoir, tout cela en même temps. Je n'avais jamais rien vu de tel... jamais. J'ai voulu commencer par le père, ils l'ont posé nu sur la table de zinc... une grande entaille suturée grossièrement balafrait son cou. Je l'ai regardé longtemps, je ne savais par où commencer. J'ai décidé de refaire la suture, j'ai enlevé tous les points. Seule la peau avait été cousue... dessous, un trou béant : la trachée et tous les vaisseaux étaient sectionnés. Il fallait les refermer si je voulais injecter mes solutions conservatrices. J'ai inséré des prothèses en Dacron dans les veines et les artères pour pouvoir les suturer. J'ai recousu la trachée, les muscles puis la peau au surjet intradermique, la cicatrice était impeccable, juste une ligne que j'allais masquer avec du fond de teint. J'ai injecté mes produits conservateurs dans la veine fémorale, le visage s'est peu à peu recoloré et adouci. J'ai placé deux cupules de plastique dans les orbites et fermé les yeux entrouverts avec un catgut très fin. J'ai rempli la bouche de coton. Le maquillage final a pris beaucoup de temps, il fallait effacer le rictus, j'y suis arrivée au bout d'une heure... J'ai appelé les agents d'amphithéâtre pour ranger le père et sortir le fils. En voyant le travail accompli, ils ont dit : « Bravo Mademoiselle ! Vous êtes une fée. »

Ils ont déposé le jeune homme sur la table, je me suis assise, désespérée. Pourquoi si jeune ? Presque un enfant... pourquoi cet acharnement à mutiler, à faire souffrir ? Une balle aurait suffi ! Il avait lutté : il était couvert de bleus. On avait empoigné sa tête : une touffe de cheveux manquait. J'ai fait au fils ce que j'avais fait au père, puis je l'ai coiffé, caressé, massé...

Dehors, une fusillade, des cris, une balle frappe la baie vitrée bleue, une étoile strie le verre, Omar hurle :

– Montez dans vos chambres et n'en sortez pas, ça canarde ce soir !

Antonio prend ma main et m'entraîne vers la sortie, nous montons l'escalier en courant.

– Venez dans ma chambre, dit-il, c'est plus sûr. Je veillerai sur vous...

Sophie

Il est tard, je suis fatiguée, je n'ai pas le courage de rentrer à Paris, je dormirai à Montereau.

– Tiens, tiens, s'esclaffe le médecin chef, vous pouvez me remercier d'avoir laissé le lit dans le bureau.

Allongée sur ma couche monacale, je feuillette un magazine. Dix pages sur Séville. La lumière andalouse illumine ma cellule décrépie. Soudain un cri, une longue plainte, insatiable et suffocante. J'ouvre la fenêtre. Je vois le ciel, les nuages cotonneux et fuyants. Des peupliers d'Italie grincent sous le vent. J'ai froid, mais les bruits du dehors masquent ceux de l'asile. Ils m'aideront à dormir.

– Sophie, Sophie ?

Ahmed m'appelle du jardin, enveloppé d'une couverture.

– Couvre-toi et descends, on va se promener, tu me parleras d'elle.

– Mais de qui ?

– De ta sœur...

Je le rejoins, emmitouflée dans un manteau. Il me prend par le bras, nous avançons dans l'air glacé.

-Viens écouter la nuit. À Alger, j'habitais Baïnem, on avait une maison au bord de la mer, les vagues me berçaient été comme hiver. Quand le sirocco soufflait, je dormais sur la terrasse... tu peux imaginer ça, un bruit qui rafraîchit ? Quand il y a eu la canicule à Paris, j'étais comme un fou, la chaleur était silencieuse et froide comme les gens d'ici, j'ai pas dormi pendant trois semaines. Je crois que c'est ce qui me manque le plus ici : la mer. Quand ma grand-mère est morte, j'ai menti, j'ai dit à papa qu'elle voulait être enterrée au bord de l'eau dans le cimetière marin de Baïnem. C'est le plus beau cimetière du monde, il va jusqu'aux rochers. Je suis sûr qu'elle est heureuse là-bas, les vagues lui tiennent compagnie. Viens, allonge-toi… tu entends ce bruit ? Ces frottements sur l'herbe, ce sont des escargots, des gros sûrement, tiens les voilà, qu'est-ce que j'te disais… Des pas maintenant, écoute…

Quelqu'un s'approche, je ne vois personne, j'ai peur, je tente de me lever, Ahmed me retient :

– Trouillarde, c'est un hérisson, il marche comme les hommes, le voilà… Couche-toi, on va regarder le ciel. Chez moi, là-bas, en Algérie, je le scrutais chaque soir, je savais toujours le temps qu'il allait faire. Tu vois ces nuages tout ronds, ils sont pleins d'eau, ils annoncent la pluie. En France, il y a de moins beaux nuages qu'en Algérie, souvent même il n'y en a qu'un seul qui couvre tout le ciel et dure des jours et des jours. Je rêve tout le temps de mon pays, que j'y retourne… et, en descendant de l'avion, je me jette sur la piste pour embrasser la terre. J'ai la nostalgie. Regarde cet oiseau qui vole, c'est une chouette, elle a vu une souris, un rat ou un mulot, elle va foncer pour l'attraper, quand elle l'aura mangé, elle chantera.

Une lueur rouge traverse le ciel en sifflant.

– Vite, Sophie, un vœu ! C'est une étoile filante. Mes vœux à moi ne se réalisent jamais. Dès que j'en vois une, je demande à mon père de revivre, mais ça n'arrive jamais.

– Ton père est mort ?

– Oui, mon père était gendarme à Alger, les barbus l'ont tué. Un jour, ils ont frappé chez nous, papa ne s'est pas méfié, y'avait Rachid, un voisin qu'on aimait bien, et deux copains à lui, ils se sont jetés sur mon père en criant *Allahou Akbar*, ils l'ont tiré par les cheveux, et Rachid a sorti un grand couteau de sa djellaba et lui a coupé le cou comme au mouton de l'aïd, y'avait un grand trou dans sa gorge avec du sang, papa respirait par le trou en faisant des grands bruits comme s'il étouffait et le sang giclait et moussait, il se débattait, il avait mal, j'étais sous le lit, j'étais tout seul, je n'ai rien pu faire. Quand ma mère et mes sœurs sont rentrées du hammam, elles l'ont trouvé mort, alors elles ont hurlé pendant des heures, moi je disais : « Rachid, Rachid. » La police est venue, la famille, les voisins, ils ont cherché Rachid partout mais ils ne l'ont pas trouvé, on a dit qu'il était monté au maquis avec ses copains. Maman a demandé un visa pour la France et on est tous venu habiter Gennevilliers, chez ma tante. Ça fait trois ans maintenant. Je n'ai jamais pu m'habituer à ce bled, il fait froid, il pleut tout le temps et, toutes les nuits, je vois mon père saigner. Ces salauds ne lui ont coupé la tête qu'à moitié pour qu'il se sente mourir, pour qu'il ait mal jusqu'au bout. Un jour, j'ai compris ça en voyant sur Internet des films d'otages en Irak, ceux à qui on tranche complètement la gorge meurent plus vite. Alors, j'ai arrêté de manger, j'avais plus envie de vivre, j'étais devenu très maigre, je regardais ces films tout le temps, le docteur a dit à ma mère que, si on ne faisait rien, j'allais mourir, alors on m'a mis ici.

La chouette hulule quatre fois.

– Je ne comprends pas, dis-je, quand je t'ai vu cet après-midi, tu m'as raconté que ton père vivait toujours à Alger.

– J'ai menti... enfin pas trop, il vit toujours en moi.

Marie

Une corne de brume, lugubre. Je m'éveille avec la migraine. J'ai mal dormi, d'horribles cauchemars ont massacré ma nuit. J'étais allongée sur une table, attachée, et Antonio me regardait.

Une lumière bizarre filtre. J'écarte les rideaux, la ville est dans le brouillard, un brouillard que je ne connais pas, lumineux et brillant. Il engloutit la mer, le port et les bruits. Deux silhouettes métalliques tournent, suspendues dans l'air : des grues. J'ai de plus en plus mal à la tête, je commande un café serré. On frappe, c'est Antonio. Il me tutoie, il veut me montrer Alger.

– Ce n'est pas dangereux pour les étrangers ?

– Pas du tout, il y a un tel mélange de races dans ce pays que tu trouves tous les types physiques : du noir africain au blond germanique. Ne t'habille pas trop court, nous passerons inaperçus.

– On ne verra rien, la ville est noyée dans le brouillard.

– Quel brouillard ?

Il ouvre les fenêtres, la brume a disparu, les grues ont les pieds sur terre, d'innombrables mouettes tournent dans le bleu du ciel. Le soleil inonde les immeubles blancs et les collines.

Il y a foule dans les rues. Des femmes en tchador ou voilées, des filles en minijupe, des barbus en djellaba blanche, des jeunes gens en jeans, les cheveux raides de gel *out of bed*. Des bruns, des clairs, des roux. Nul ne nous prête attention. Antonio hèle un taxi jaune moutarde. Image fugace de Marrakech.

– Le musée des beaux-arts, s'il vous plaît.

Nous traversons la ville, une circulation démente. Je suis déçue, j'imaginais aller vers ses souvenirs, sa rue, son immeuble, son école, sa nostalgie. Voilà qu'il me traîne dans un musée.

Une construction blanche à flanc de colline, entourée de pins, d'eucalyptus et de ficus. Personne dans les salles. Il marche vite, il n'est pas venu pour les peintures. Nous gagnons les terrasses, l'immense jardin en contrebas déroule une somptueuse allée de washingtonias. Ils oscillent imperceptiblement sous la brise du large comme les palmiers à crinière de Marrakech. Au loin, la mer turquoise. Un cargo quitte le port, une fine traîne d'écume s'échappe de sa poupe.

Sur les terrasses, près des parapets, se dressent des statues de bronze, hommes et femmes des années trente, au regard triste. Oubliés. Une beauté plantureuse en tenue légère, assise dos à la mer, nous fixe de ses yeux morts, bouche amère. Une vieille femme scrute le sol. Plus loin, une tête de gisant se détache sur les bleus du ciel et de la Méditerranée, le soleil effleure ses yeux lisses. Une femme d'âge mûr, main sur la taille, se perd dans une réflexion éternelle. Dans un patio, une jeune fille nue. En arrière-plan, le monument aux morts de l'Algérie nouvelle. Trois pétales de béton lancés vers le ciel. Antonio le pointe du doigt :

– Tu vois, dit-il, les deux Algérie sont côte à côte. Celle du passé, triste, oubliée, assoupie et l'autre, brute, fière, conquérante... Allons visiter le jardin d'Essai.

Le jardin est fermé, il semble abandonné, les plates-bandes sont défoncées, envahies de mauvaises herbes. Je pense à maman, à sa phobie du désordre, du déstructuré. Antonio questionne un homme derrière les grilles.

– Le parc est fermé depuis des années, répond-il.

Antonio négocie en arabe, le gardien sort une clé de sa poche et ouvre une porte dérobée. Nous errons dans un paradis dévasté, des fleurs folles poussent entre lierres et cactées, des lianes pendent de ficus démesurés et serpentent sur les allées. Des oiseaux par milliers, ils s'élèvent en vagues lentes au bruit de nos pas. Les feuilles mortes de plusieurs automnes s'entassent, un bouquet de strelitzia surgit d'un champ de marguerites. Les lavandes se mêlent aux orties, les bourraches aux pissenlits. Un plan d'eau croupie lèche les pieds d'une naïade de bronze nue. Des canards fouillent la vase, des grenouilles coassent. Poignante beauté délaissée. La nostalgie est là, violente, encore plus que les mots. Des champs de bambous ondulent leurs hampes. Une allée de dragonniers torturés, sombre et inquiétante, nous capture dans son ombre. Deux grands bassins vides emplis de feuilles, de papiers et de sacs de plastique noir ponctuent l'allée principale. Un petit parc zoologique, tout en bas, exhale un parfum fauve. La plupart des cages sont vides. Deux tigres, un lion et une autruche ont subsisté. Le lion à la fourrure fatiguée balaie le sol de sa queue, il nous observe, allongé, les yeux vitreux d'ennui. Il émane de ce jardin une mélopée triste. Antonio est silencieux.

Nous marchons encore, un parfum entêtant de menthe poivrée. Tout un parterre s'étale à nos pieds. Des roses, des œillets, des chardons pêle-mêle, des excavations comme des plaies, emplies d'eau. Des mouches, des libellules s'envolent, leurs ailes irisées reflètent la lumière.

D'une maison s'échappent des notes de musique orientale, le gardien nous invite à entrer, il fête la circoncision de son fils. Des femmes dansent au son d'une *derbouka*, elles chantent, poussent des youyous, boivent de la limonade et dévorent des monceaux de pâtisserie au miel.

Je suis soudain avec Malika, dans la palmeraie de Marrakech. Je pousse un youyou strident, la musique s'arrête, les femmes se figent et me dévisagent, ébahies. Je crie :

– *Mabrouk, Mabrouk*, youyouyouyou.

Elles répondent :

– *Ibarek fik*, youyouyouyou

Elles se précipitent, m'embrassent et m'entraînent dans leur sarabande. Antonio est stupéfait, je suis heureuse. Comme avant. Je l'interroge :

– Tu es triste ?

– Non, répond-il, une nouvelle vie émerge sur les décombres de l'ancienne. C'est le cours des choses.

Sophie

Le médecin chef organise une petite fête pour l'anniversaire d'Ahmed. Bal costumé dans le réfectoire !

– Quel thème ?

– Le dix-huitième, un peu avant ou un peu après, ça n'a pas d'importance...

Dix-sept heures, je sors de ma chambre en robe Directoire, la poitrine très haute, la taille serrée, le visage poudré de blanc.

Je croise Larissa déguisée en femme de ménage, un seau rempli d'eau à la main et un balai de sorcière sous le bras.

– Que fais-tu là ? demande-t-elle d'un air mauvais.

– Je suis la nouvelle anesthésiste.

– La tortionnaire en second ? Je pensais que tu étais la nouvelle fiancée du docteur... Tu sais, ça commence à me manquer l'électricité dans la tête, j'ai de nouveau des envies de meurtre... Tu aurais pu être la suivante sur mon tableau de chasse, j'imaginais des supplices raffinés. Heureusement pour toi, j'ai besoin de ces maudits électrochocs. Les décharges assomment les voix qui parlent dans ma tête et me poussent au crime... Tu vas au réfectoire ?

– Oui.

– Allons-y ensemble.

Elle attrape mon bras et se serre contre moi.

– Vous n'avez pas trouvé d'autre déguisement ? dis-je.

– Les gens se travestissent toujours en aristocrate ou en officier, comme s'il n'y avait sur terre que des princesses et des militaires. Moi j'ai toujours été bonne à tout faire, comme la plupart des femmes. Je n'ai pas besoin d'une robe de bal pour rêver. N'oublie pas que Cendrillon faisait le ménage avant de trouver son prince charmant.

Nous croisons le chat du gardien, il se précipite et se frotte à ses jambes. Elle crie :

– Vladimir, va-t'en ! Je ne sais pas ce que j'ai fait à cette bête, elle me harcèle. Dès qu'elle m'aperçoit, elle se jette sur moi. Je déteste les chats ! Ils me donnent de l'urticaire.

En chemin, elle raconte son histoire :

– Mes grands-parents étaient grecs. Ils habitaient Smyrne, Izmir maintenant. Au début des années vingt, ils ont été contraints de fuir la Turquie. Ça s'est passé en quelques heures, les Turcs arrivaient sur la ville, les faubourgs brûlaient. Ils ont à peine eu le temps de prendre quelques valeurs et de grimper sur un bateau en partance pour Salonique. Les Turcs de Grèce ont été expulsés au même moment. Le gouvernement grec a donné à mon grand-père une propriété turque près de la ville de Larissa. Quand je suis née, on m'a appelée Larissa à cause de ça. J'ai été élevée dans la haine des Turcs et l'amour de la Turquie perdue... ça m'a fendu la tête en deux. Le beau psychiatre prétend que tout vient de là...

Le réfectoire est transfiguré, les néons ont cédé la place aux chandelles, aux bougies, aux lanternes. D'innombrables cierges parsèment des bois torturés par la mer. Des étoffes orientales sorties des greniers couvrent les murs et les tables, des candélabres surmontés de chandelles rouges et fumantes sont disposés aux quatre coins. Aux fenêtres, des lanternes ajourées grincent sous le vent, elles clignotent au gré des rafales.

Soixante pensionnaires en habits du passé.

Un prince harangue des marquises hystériques, elles applaudissent à chacune de ses phrases illuminées, à chacune de ses tirades incohérentes. Trois laquais gavés de neuroleptiques déambulent saccadés, leurs bouches se tordent autour de langues infatigables :

– Où sont les chaises à porteurs ? Où sont les chaises à porteurs ?

Un autiste roule des yeux effarés, le dos pressé contre un mur. Ahmed, en officier d'Empire chamarré, dévore une pianiste rousse et maniérée enrobée de mousseline bleue transparente. Elle joue un prélude de Bach, ses seins frémissent au rythme de la musique.

Larissa et moi faisons sensation : une femme de ménage au bras de Pauline Borghèse. Napoléon se précipite, c'est le médecin chef :

– Sophie, vous êtes superbe, vous boirez bien quelque chose ?

– Une coupe de champagne.

– Désolé, il n'y en a pas. L'alcool et les neuroleptiques ne font pas bon ménage.

– C'est vrai, j'avais oublié.

Larissa lâche mon bras pour le sien :

– Dès que tu vois une jolie femme, tu ne peux pas t'empêcher de lui faire la cour. Allez, Bonaparte, je suis madame Sans-Gêne, viens danser une valse.

Elle pose son seau, son balai et entraîne le beau psychiatre au cœur de la salle, ils dansent en clair-obscur. Six déments entament une polka-sarabande effrénée.

Dans un coin, l'aumônier, rouge cardinal, veille tel un réverbère. Ahmed s'approche et saisit ma main :

– Sophie, viens danser, tu ne peux pas refuser, c'est mon anniversaire.

Un rock débridé. Je tourne, vire et volte, lui raide, cambré comme un matador, presque immobile. Je ruisselle et déclare forfait après dix minutes. Une Maghrébine déguisée en princesse orientale pousse un youyou. Je me souviens soudain de Marrakech, de la fête de Malika. Un youyou long et désespéré sort de ma gorge.

Ahmed, stupéfait, me questionne :

– Où t'as appris à faire ça ?

– Au Maroc, quand j'étais petite fille.

Une Marie-Antoinette en robe corsetée et perruque blanche m'aborde, une tête de mannequin au cou badigeonné de rouge sous le bras :

– Vous êtes nouvelle ici ?

– Oui, je suis le nouveau médecin anesthésiste.

– Ah, vous êtes de l'autre côté du miroir.

Elle est triste et distinguée.

– Je ne sais pas si les miroirs ont deux faces, dis-je, mais ce soir nous sommes sur la même.

– Vraiment ? J'ai un peu chaud. Voulez-vous prendre l'air avec moi ? Je vous raconterai mon histoire, une banale histoire de femme et vous comprendrez pourquoi je suis là.

Elle pose à terre la précieuse tête de celluloïd, ouvre une fenêtre, s'accoude à la balustrade d'un balcon et parle, les yeux exorbités cerclés de khôl, encadrée de cariatides aux membres fissurés :

– On m'appelle Athénaïs de Rochechouart de Mortemart, j'étais une femme du monde, une vicomtesse : je suis née rue du Bac. Une enfance heureuse, si heureuse qu'elle n'est peut-être pas mienne. Nous allions au théâtre, à l'Opéra… J'aime beaucoup le piano. Je crois n'avoir raté aucun concert salle Pleyel. J'ai reçu une éducation parfaite : cours de maintien, de danse classique, de musique, de cuisine et de couture afin d'être la meilleure des épouses. J'avais des amies du même milieu, délicates et diaphanes, préparées comme moi à la vie bourgeoise du septième arrondissement. Une parfaite consanguinité sociale et mentale. Mes parents m'adoraient. Du moins l'affirmaient-ils… Ils me comblaient, c'est vrai. Zermatt l'hiver, Deauville l'été, les boutiques les plus dispendieuses pour me vêtir.

– Sortons, s'il vous plaît, dis-je, j'aimerais marcher dans le parc.

– Reste-là et sois sage, intime-t-elle à la tête tranchée.

L'air est doux, les feuilles craquent sous nos pas, Vénus allume dans le ciel son étincelle. Les derniers feux du soleil enflamment les tilleuls. Des orties mouillées de pluie brillent sur les plates-bandes abandonnées. La femme du monde relève sa robe pour ne pas la souiller, ses pieds sont nus.

Elle est intarissable :

– J'ai rencontré mon mari à Deauville dans un rallye, je venais d'avoir mon baccalauréat, j'étais une belle adolescente, mince, blonde, aux cheveux bouclés. Louis était très beau, racé, un brin décadent et d'excellente famille, bien que sa noblesse fût d'Empire. Il me courtisa six semaines, le minimum requis dans notre milieu, puis il demanda ma main, mes parents la lui accordèrent, sans doute ravis de se débarrasser de moi. Nous nous enfuîmes rue de Varenne à quelques dizaines de mètres de papa et maman… À peine quelques mois et… l'ennui. J'étais lasse de Louis. La nuit quand il m'approchait, je feignais le sommeil ou la migraine, en parfaite précieuse ridicule.

Une douce mélopée s'échappe de la porte entrouverte de la chapelle, la pianiste rousse, chassée de la fête par la musique sauvage, s'y est réfugiée. Elle joue de l'orgue, blafarde dans la lueur blanche d'un bougeoir. Elle dessine avec les bras des gestes alanguis, des pleins et des déliés, et chante une ballade du dix-septième siècle :

Souffrez beaux yeux pleins de charme
Qui me consumez le cœur
Que mes soupirs et mes larmes
Fléchissent votre rigueur...

Trois vieilles femmes subjuguées l'écoutent, agenouillées sur des prie-Dieu, la tête couverte de dentelles noires. Athénaïs chuchote :

– Petit à petit, il se détourna de moi. Un jour, je le surpris riant dans l'escalier avec une jeune voisine, une étudiante qui habitait notre chambre de bonne. Il passait ses soirées avec elle, je les entendais rire derrière la porte. Il rentrait tard, se mettait au lit sans mot dire, buvait son verre de malt douze ans d'âge, lisait *Le Figaro* et s'endormait. Ça ne me dérangeait pas. Cela dura des mois. Je vis un jour le ventre de la petite s'arrondir. Je compris alors l'ampleur du désastre.

Nous sortons de la chapelle et traversons la cour baignée de lune. Les thuyas forment une haie d'honneur sombre et angoissante. Nous nous asseyons sur un banc de pierre couvert de lichens. Le vent souffle sur les grands ormes et détache les dernières feuilles. Elles tournent autour de nous, fauves dans la lueur lunaire. Ballet sans musique. Le froid de la pierre pénètre nos cuisses. Nous nous levons. Athénaïs saisit mon bras. Nous gagnons l'étang, l'air est de plus en plus frais, les grenouilles, qui donnaient concert, se taisent brusquement, un rayon de lune éclaire une statue de grès, une statue de femme mutilée. La femme du monde poursuit, calme et digne :

– Quelques jours plus tard, on les a retrouvés morts tous les deux et, le lendemain matin, j'ignore pourquoi, je me suis réveillée là, dans cette institution. Femme des lumières, j'ai rejoint les femmes de l'ombre.

Un voile pudique couvre l'allégorie de pierre, le bas de sa toge tapissé de mousse et de lierre affleure l'eau. Les grenouilles reprennent leur dialogue. Le vent souffle plus fort, de larges gouttes de pluie tiède s'écrasent sur le sol.

Marie

Neuf heures, la réception.

Trois femmes vêtues de deuil m'attendent. Trois visages détruits, trois regards vides. La plus âgée s'approche :

– Mademoiselle Vincent ?

J'acquiesce d'un signe. Elle se tasse, écrasée par l'indicible :

– Ils nous ont bâillonnées puis attachées sur des chaises dans le hall d'entrée… Ils les ont tués sous nos yeux. Nous les avons veillés toute la nuit, impuissantes, leur sang à nos pieds. Nous pensions avoir gravé à jamais leur masque de terreur dans nos mémoires. Nous sommes passées les voir à la morgue. Ils sont apaisés, presque sereins, c'est l'image que nous garderons d'eux. Merci, nous sommes venues vous dire merci…

Je rejoins Antonio dans sa chambre, il prend le vol de treize heures. Il est sur le balcon dans le bleu infini. Il fixe l'horizon.

– Là-bas, dit-il en tendant l'index, la France. Peu de temps avant l'indépendance, l'OAS avait placardé partout une affiche, une main arrachait la Méditerranée entre les côtes des deux pays. Les journalistes déclaraient que les Français seraient bientôt des étrangers en Algérie. On n'y croyait pas… Ce pays, ces villes, ces rues, c'était nous. Et puis, il a fallu partir. Mais, prédisait mon père, sans nous, tout allait s'effondrer… comme une maison privée de ses murs porteurs. Il se trompait, la vie a continué, Alger a survécu... sans nous.

– Ça te fait mal ?

– Non... Ce qui est dur, c'est de voyager dans le temps, de retrouver un passé anéanti. Dans cette ville, je me sens vieux et seul comme si j'étais mon père. Il est temps de partir...

Antonio quitte l'hôtel, il me serre dans ses bras :

– Fais attention à toi, pas d'imprudence, et n'oublie jamais le secret de notre jardin... Je t'appelle la semaine prochaine, j'aimerais t'emmener en Andalousie.

Ahmed me conduit à El Kettar pour les derniers soins de conservation, les corps seront transférés demain. Je ne supporte plus l'odeur froide de la morgue, la lumière crue des néons sur les portes d'aluminium souillées des chambres froides. J'ai besoin du soleil de la Méditerranée. Dans ce pays, je ne veux que la vie. Les soins terminés, cap sur Baïnem.

Nous traversons des quartiers aux noms anachroniques, Bains Romains, Deux Moulins, Saint-Eugène. Des nuées d'enfants jouent au ballon, ils traversent sans regarder en dribblant sur la chaussée. Ahmed klaxonne, ils n'en ont rien à faire, alors il les insulte en arabe. Partout, des maisons aux murs décrépis, vestiges de la colonisation. Deux villas jumelles près de la mer, leurs noms s'inscrivent sur le mur d'enceinte en lettres de fer forgé rouillé : Les Arapèdes, Les Girelles. Un petit château fort dresse ses toits pointus.

– Ahmed, un château !

– C'est un jardin d'enfants.

– En France, il y en a des centaines, dix fois plus grands.

– Si je venais un jour, vous m'emmèneriez les voir ?

– Bien sûr, il y en a un très beau à Pierrefonds, près de Paris.

– Je ne sais pas si je pourrai avoir un visa, avec tout ce qui se passe, c'est devenu très difficile. Nous les Algériens, on nous prend tous pour des égorgeurs. En plus, si on est bon musulman comme moi, on n'a quasiment aucune chance, en Europe on n'aime pas les Arabes et encore moins l'islam.

– Mais non, on ne veut pas d'extrémistes, c'est tout.

Il gare la voiture :

– Je vais vous montrer quelque chose, venez !

On traverse la route, un petit cimetière descend jusqu'à la mer, les tombes sont toutes blanches, elles reflètent la lumière ; ça fait mal, j'ai encore les yeux brûlés par le formol. Je sors mes lunettes de soleil.

– La classe, Marie, on dirait une actrice.

Un parfum acide. Des géraniums rabougris poussent sur les tombes. Un chien jaune joue avec une mouette, elle s'envole, il la rejoint, elle s'envole encore.

Ahmed pointe une stèle du doigt :

– Mon père est là, les nuits d'été quand il fait chaud, je m'allonge près de lui, je regarde le ciel, les étoiles filantes, je fais des vœux, toujours les mêmes : je voudrais aller en France. Et puis, j'entends les escargots glisser sur le sol et je me dis que je suis comme eux, comme mon père, que je ne pourrai jamais échapper à cette terre...

Il sort une caméra vidéo de son sac à dos et me filme. Je lui demande pourquoi.

– En souvenir de vous... Et puis on ne sait jamais, un faux barrage et vous êtes enlevée, exécutée. Alors, ce petit film vaudra de l'or : les dernières images de Marie Vincent vivante. Je pourrais le vendre à TF1 ou France 2, j'ai toujours rêvé d'être journaliste et ils m'engageront peut-être. Correspondant d'une télé française à Alger, à moi la belle vie et les voyages. Allez, dites quelque chose.

– Comment reconnaît-on un faux barrage ?

Ahmed parle derrière la caméra :

– Les faux militaires sont mal rasés, maigres, il manque des boutons à leur uniforme.

– Mais... quand on s'en rend compte, il est trop tard ?

– Bien sûr ! répond-il en riant très fort.

– Sophie, emmène-moi à Pierrefonds !

– Mais, Ahmed, tu n'as pas le droit de sortir.

– Samedi après-midi, il n'y a plus personne dans l'asile, ils sont tous partis en week-end, je m'allongerai à l'arrière de ta voiture, ni vu, ni connu. S'il te plaît, je veux prendre l'air, ici j'étouffe, et puis je n'ai jamais vu de vrai château.

– On verra.

Samedi, un temps affreux, des nuages noirs obstruent le ciel, il pleut sans discontinuer. Ahmed me guette sous une tonnelle. Je me gare, descends de voiture, ouvre la porte arrière et fais mine de chercher mon sac sur la banquette. Je reçois des paquets d'eau. Ahmed se précipite à quatre pattes dans la voiture en aboyant.

– Tais-toi, tu vas nous faire remarquer !

Univers gris et blanc, sinistre.

– Ahmed, je t'emmène à une condition.

– Dis-moi...

– Que tu me parles d'Alger et de soleil.

– Si tu veux... Tu te rends compte, six mois sans sortir, avant je rentrais tous les week-ends à la maison, et puis les docteurs ont dit que ça me perturbait. Mon père et ma mère se disputent sans arrêt, la dernière fois mon père a voulu frapper ma mère, alors j'ai pris un couteau et je l'ai menacé... pour rire... enfin presque... ils ont eu peur, ils ont appelé les flics. Depuis, c'est eux qui viennent me voir, le dernier dimanche de chaque mois.

– Ahmed, tu m'as dit que ton père était mort.

– J'ai menti. Il s'est mal comporté avec moi… c'est comme s'il était mort.

Pierrefonds surgit dans le brouillard, masse écrasante de tours et de tourelles.

– C'est géant, s'exclame Ahmed.

Nous grimpons jusqu'au château, je suis frigorifiée, il me prend dans ses bras :

– Je ne pensais pas que c'était si grand. On le visite, hein ? On va bien s'amuser, il doit y avoir plein d'armures, de couloirs et de fantômes.

Je n'aime pas Pierrefonds, cet amas de parpaings hérissés de statues extravagantes m'angoisse.

– Il n'y a pas grand-chose à voir à l'intérieur, seule la bâtisse est impressionnante.

– J'ai envie de voir ce qu'il y a dedans, c'est moi qui t'invite ! dit-il en tendant à la caissière un billet de vingt euros.

Nous passons le pont-levis, un guide déchire les billets roses :

– Vous visiterez les deux expositions tout de suite à gauche, ensuite la chapelle en face, puis les appartements impériaux.

La cour Renaissance est peuplée de gargouilles grimaçantes et ruisselantes, d'immenses salamandres vomissent des torrents d'eau. La première exposition est consacrée à Viollet-le-Duc. Dans une vitrine, des photos de lui enfant, adolescent et vieillard. Il était laid à tous les âges et sa femme encore plus laide, probablement chlorotique.

Ces visages disparus me fixent d'un air mauvais et ricanent : « N'aie crainte, tu mourras aussi ! »

Des gravures de Pierrefonds avant, après : la poésie des ruines anéantie par la restauration. « On peut restaurer et transformer en ce qui n'a jamais été », disait Viollet-le-Duc.

Triste devise.

Les autres salles exhibent des plombs ou des cuivres martelés. Une tête de lion grimace dans un coin, plus loin le lion de Belfort en majesté. Ahmed, où est Ahmed ?

Une voix caverneuse, sa voix ? « Je suis là, Sophie, viens donc ! » J'avance parmi les épis, les flèches et les lanternes, il fait sombre, des lueurs venues d'ailleurs éclairent les cuivres et les plombs.

« Sophie, Sophie. » Personne dans les salles, je marche plus vite, je croise la statue de la Liberté, un cupidon...

« Sophie, Sophie », voici les horribles gargouilles de Notre-Dame. Dressées comme des sexes en haut des murs, elles me poursuivent de leurs yeux creux. L'une d'elles crie, les mains plaquées sur les oreilles pour ne pas s'entendre. Elle ouvre une bouche immense et hurle : « Ahmed ! »

Je cours, un rire énorme sort d'un lion colossal, coiffé d'un soleil.

– Ahmed !

« Cours, Sophie, cours... j'ai trouvé une lance. »

Dans la chapelle, l'archange du Mont-Saint-Michel brandit la sienne ; au sol, un serpent de plomb tressé, décapité. Des pas et une voix derrière moi : « Tous les étrangers qui n'auront pas quitté l'Algérie seront exécutés. »

Je me réfugie dans la crypte, des statues de plâtre s'y entassent, des hommes, des femmes du Moyen Âge ou de la Renaissance, orants à genoux, gisants en sommeil. Tous dans une même pénombre. Des rais de lumière, issus de spots aléatoires, frappent des visages morts aux longs nez, aux lèvres crispées, aux orbites déshabitées.

Des pas, les pas de cet homme qui menace et qui me chasse. Sa voix chuchote, sa voix monte, sa voix crie :

« Sophie, Sophie. »

J'ai peur. Je fuis, le cœur en transe, jusqu'à la bouche qui me crache du sépulcre. Dans la cour, Ahmed, cigarette aux lèvres, attend, adossé à une tarasque à tête de pélican.

Ahmed veut me montrer les environs d'Alger, il exige que je porte un hidjab.

– On ne sait jamais, je serai plus tranquille.

Sa mère m'en a prêté un, gris souris ; je sors de l'hôtel sous les yeux ahuris du personnel.

Les abords de la ville sont massacrés, ordures, carcasses de voitures incendiées, égouts éventrés, horribles maisons de parpaings. Les arbres le long des routes ont été sciés, leurs troncs déchiquetés s'alignent, sinistres. Les terroristes se cachaient derrière les eucalyptus pour tirer sur les voitures, alors on les a abattus.

La campagne à l'ouest d'Alger aligne ses villas, ses cabanons, ses églises, ses restaurants désaffectés, témoins ruinés de la *dolce vita* coloniale. La nature est intacte, splendide, indifférente. Des champs entiers de fleurs jaunes et blanches, d'oxalis et de marguerites. Des terres cultivées comme des jardins. La mer, des criques scintillantes, des dunes.

Zeralda, Fouka marine, Boudouaou, villages endormis, villages blancs, épargnés par la guerre. Les collines du Sahel sont couvertes de pins, d'ifs et de cyprès. Soudain, une excroissance comme un mamelon sur un sein.

– Le tombeau de la chrétienne, commente Ahmed, vous voulez le voir ?

Une petite route grimpe jusqu'au monument, vue imprenable sur le littoral et la mer, des frênes bordent le macadam.

– En arabe, on l'appelle *Kbour Er Roumia*, la tombe de la Romaine. *Roumi* en arabe veut dire romain ou chrétien. Mais elle n'était pas chrétienne, les Français ont mal traduit. Elle était païenne ; quand elle est morte, Jésus n'était pas encore né ou à peine. C'était la fille de la grande Cléopâtre.

Le Maroc, le musée de Rabat... je me souviens des statues de Juba II et de Ptolémée :

– Cléopâtre Séléné, reine de Cyrénaïque, fille d'Antoine et Cléopâtre et femme de Juba II. Elle avait un frère jumeau, Alexandre Hélios, roi d'Arménie.

– Vous en savez des choses.

Je raconte l'histoire de son fils, Ptolémée, malheureux roi de Maurétanie à la pourpre trop belle. Le tumulus est entouré de grillages. Des colonnes, des chapiteaux corinthiens supportent une corniche en partie effondrée et un dôme éboulé.

Personne...

– Il n'y a pas de touristes et les gens ont peur de s'aventurer ici. Alors, on ne visite plus.

Orties, chardons, ronces et chiendent poussent entre les pierres. La terre est rouge, tapissée de pâquerettes, de vinaigrettes, de blé en herbe. La Méditerranée, plissée par le vent du large, s'étale paisible. Je pense à Antonio, à son index pointé vers le nord. Là-bas, la France !

Ahmed démarre.

– Où m'emmenez-vous ?

– Surprise, surprise !

Nous atteignons un petit port aux eaux agitées. Au milieu des vagues, un tombeau en équilibre instable.

– Une tombe punique, explique-t-il, on est à Tipasa. Vous avez entendu parler de cette ville ?

– Oui, bien sûr, j'ai lu *Noces* de Camus. C'était mon livre de chevet quand j'étais lycéenne, il me rappelait les couleurs et les senteurs du Maroc.

Nous descendons de voiture. Un chemin, bordé de guinguettes fleuries, conduit aux ruines.

– Ahmed, je boirais bien un petit verre de blanc.

– Vous vous voyez commander du vin, habillée comme vous l'êtes ?

Je ris.

– De toute façon, on ne sert pas d'alcool ici, c'est une municipalité islamiste.

J'ai chaud sous mon horrible travestissement, je sue. Comment font-elles pour supporter cet habit de torture ? Une voie romaine bordée de colonnes érodées mène à la mer, des oliviers, des lentisques courbés par le vent poussent çà et là. Les pierres ont une belle couleur orangée, elles s'élèvent dans le maquis et les fleurs. Des jeunes gens jouent aux cartes sur des blocs romains rectangulaires. Des adultes entourés d'enfants boivent et mangent. La mer est bleu outremer. Une montagne sauvage se dresse à l'ouest, telle une pyramide, le mont Chenoua.

Une villa romaine surplombe les vagues. Au sol, des fragments de mosaïque. Plus loin, un nymphée asséché, ses rebords portent l'usure des seaux.

Nous reprenons la route et roulons vers l'ouest, une route étroite zigzague au bas du Chenoua.

– Cette route est déserte, Ahmed, vous êtes sûr que nous ne risquons rien ?

– Non ! Tant que vous êtes avec moi, vous êtes en sécurité. Et surtout, si on nous arrête, pas un mot, même si on vous pose des questions. Je dirai que vous êtes muette.

Le Chenoua, masse immense à l'assaut du ciel. Sur ses flancs verdoyants, des hameaux blancs. Les maisons sont chapeautées de tuiles romaines. Des criques de sable noir succèdent aux plages de galets couvertes d'algues et d'éponges. Des paysans à califourchon sur des ânes saluent de la main ; des femmes multicolores, visage découvert, arpentent des chemins de terre rouge, d'énormes fagots sur le dos.

Des pans de montagne blessés, vert oxydé, longent la route, des rails rongés par la rouille se perdent dans les herbes, des wagons abandonnés gisent sur le flanc. Une mine de cuivre désaffectée.

La mer se fracasse sur des rochers hérissés de pointes acérées. Les panneaux indicateurs ont été mitraillés. Pourtant, d'après Ahmed, cette zone est sécurisée.

Des pinèdes bleutées descendent jusqu'au rivage. Une plage gris anthracite déroule un long ruban frangé de dunes. Des carcasses de tanks et de camions sont éparpillées sur le sable.

– Il y a eu des combats, ici ?

– Mais non, ne soyez pas inquiète. C'est un terrain d'exercice, il y a une école militaire à trois kilomètres d'ici, à Cherchell. Marchons un peu.

Un oued à gauche, une eau verte, des lentilles d'eau, des roseaux, comme à Los Monteros. Des frênes argentés, des peupliers d'Italie s'agitent sous la brise. De temps à autre, des cris de canards, de poules d'eau et de mouettes. À droite, une falaise cuivrée. Je pense aux toits de l'Opéra Garnier. Dans l'eau, des cailloux brillants de multiples couleurs. Ils remplissent bientôt les poches de mon hidjab.

– Secs, ils n'ont plus d'intérêt, prévient Ahmed. Quand j'étais enfant, je venais là avec mes parents. J'en ai ramassé des tonnes. Quand, arrivé à Baïnem, je les sortais de mes poches, ils étaient devenus ternes et fades. Je m'empressais de les jeter à la mer, ils reprenaient aussitôt leur éclat.

Cherchell.

– C'est la surprise ?

– Oui, quand vous m'avez parlé de Juba et de Ptolémée, j'ai voulu vous montrer leur capitale, vous pouvez rassembler les dernières pièces du puzzle maintenant. Césarée était couverte de temples, de monuments magnifiques. De tout cela, il ne reste presque rien, des thermes ruinés, des arches d'aqueduc, des statues. Dans l'Antiquité, la cité a été incendiée par les Berbères. La ville moderne s'est construite sur le site historique.

Une jolie place plantée de bellombras. Des moulages de têtes romaines colossales entourent une fontaine, des fragments de colonnes sont dispersés sur le sol, des hommes accoudés sur une balustrade regardent la mer.

– Allons voir les statues.

Dans le musée, il pointe l'index vers un Apollon.

– Il est beau, n'est-ce pas ?

– Superbe.

– Il serait de Praxitèle. Quand je n'avais pas de barbe, je lui ressemblais.

– Alors, vous devriez la raser !

– Non, je suis un vrai musulman.

Il m'entraîne vers la mosquée. C'est la mosquée la plus kitsch au monde : un temple dorique néoclassique, flanqué d'un minaret.

– Elle est bizarre !

– C'est l'ancienne église.

– Ahmed, il faut rentrer avant la nuit, nous avons pris du retard, le soleil va bientôt se coucher.

– Ne vous inquiétez pas, je prendrai une route plus directe.

Des platanes centenaires bordent la chaussée. Dans les champs, des vaches et des moutons broutent. Une rivière coule lentement. Je suis en Dordogne, dans un tableau dix-huitième.

Un point sur le macadam, loin devant, Ahmed ralentit, son visage se fige, il transpire. Le point grossit. Sur le bas-côté, trois bœufs environnés de taons agitent mollement leur queue. Le point se mue en silhouettes, la voiture manque dix fois de caler tant nous roulons lentement, les mains d'Ahmed se crispent sur le volant. Des militaires ont dressé un barrage sur la route. Ils sont dix, ils ont des mitrailleuses, des ceintures de cartouches autour de la taille.

– Pas un mot surtout, conseille Ahmed, fixez la pointe de vos chaussures, une bonne musulmane ne regarde pas un homme dans les yeux.

La voiture s'arrête, je hasarde un coup d'œil. Ces soldats sont mal rasés, leur tenue négligée, l'un d'eux a la veste trouée. Ils parlent un arabe ponctué d'*Allahou Akbar*. Ils sont nerveux, Ahmed transpire de plus en plus, il tend ses papiers. Dix longues minutes s'écoulent : ils épluchent le permis, la carte d'identité, l'assurance. Ils questionnent Ahmed ; je garde les yeux rivés sur mes souliers, feignant l'indifférence, la soumission. Ils inspectent le coffre, puis nous demandent de descendre de voiture, Ahmed me fait signe de rester assise, lui s'exécute, un homme passe sa tête hirsute par la fenêtre et m'interroge, il a mauvaise haleine, je tourne la tête sans le regarder, l'index sur ma bouche. Ahmed parle très vite, un arabe ponctué de mots français aux « r » fortement roulés.

– *La ya Sidi*, elle ne parle pas.

– C'est ta femme ?

Il répond oui.

Ils arrêtent une autre voiture, une Mercedes noire, quatre hommes en descendent, arrogants. Ils tendent leurs papiers, agacés.

Le soleil couchant enveloppe le paysage d'une lumière douce, à dix mètres une vache arrache une touffe d'herbe grasse et mastique nonchalamment. Le ton monte entre les nouveaux venus et les soldats, qui ne s'intéressent plus à nous. Un des quatre hommes, le plus gras, fait mine de glisser une main sous sa veste, le canon d'une mitraillette approche sa tempe. Affolé, il lève les bras, la crosse d'un pistolet apparaît. Les hommes, jetés à plat ventre sur le sol, sont fouillés à corps, un seul est armé. On lui intime l'ordre de se lever, deux soldats le poussent sans ménagement, il crie. Un des militaires nous fait signe de partir.

Ahmed, trempé, démarre en trombe, il pousse un long soupir de soulagement.

– *Hamdoullah*. Ils ne me croyaient pas, ils étaient persuadés que vous n'étiez pas ma femme, ils voulaient voir le livret de famille. Ils disaient que j'étais un mauvais musulman qui prenait du bon temps avec une femme. Heureusement, la Mercedes est arrivée. *Allahou Akbar !*

Je me retourne, les deux soldats et l'homme marchent dans le soleil déclinant sous le regard impassible des vaches, ils disparaissent derrière un bosquet.

Un bruit sec et lointain troue le silence.

Sophie

Le ciel est bas, cotonneux et blanc. Une pluie fine tombe depuis hier, les gouttes s'écrasent sur la vitre de ma chambre puis s'écoulent en fines rigoles, fleuves minuscules aux trajets tortueux. Ils traversent d'immenses plaines de verre, brumeuses et lisses, je les imagine peuplées d'êtres pâles, tristes et sans lumière. À mon image.

Au loin, les nuages frôlent les grands ormes, des franges de pluie noient leurs cimes. La terre et l'horizon peignent un camaïeu de gris. Une sourde inquiétude m'étreint, ma sœur est partie en Algérie pour une mission. Elle n'a pas voulu m'en dire plus.

Je souffle sur la vitre et mon haleine se condense en milliers de fines gouttelettes, je trace *Marie* sur le voile d'eau, cinq rivières naissent au bas des lettres, deux mondes se partagent le verre : le monde du dehors et le monde du dedans.

Il faut sortir, Larissa et le psychiatre m'attendent pour une séance d'électrochocs, la première depuis bien longtemps. J'ai obtenu l'indispensable : l'électroencéphalographe, l'électrocardioscope, le tensiomètre automatique, le capnographe et le saturomètre. Aux dires du médecin chef, j'ai asséché le budget d'équipement de l'hôpital pour plusieurs années.

Les murs gris de la salle d'intervention boivent la pauvre lumière qui sourd des fenêtres vermoulues et du scialytique antédiluvien. Un psychiatre que je ne connais pas me salue. Larissa est allongée sur la table d'opération, ses gros seins pendent de chaque côté ; son ventre, masse gélatineuse, rythme chacune de ses paroles :

– Ah, te voilà ! Je sais que tu n'es pas la nouvelle conquête du chef. Il a pris quelques jours de vacances et tu ne l'as pas accompagné. On peut être amies.

Je prépare mes drogues.

Elle hurle :

– Il est là !

Je me blesse en cassant une ampoule.

– Que se passe-t-il, Larissa ?

– Vladimir, le chat... il veut entrer, il me poursuit. Il va me rendre folle !

Le chat du gardien passe la tête dans l'entrebâillement de la porte.

– Ferme cette porte ou je l'écrase contre le mur !

– Allez, minou, dis-je, rentre à la maison ! Tu n'as rien à faire ici... allez, va-t'en !

– C'est quoi ce liquide blanc ?

– Un nouveau produit anesthésique.

– Ah bon ? Tu ne m'endors pas au Pentothal ?

– Non, le Diprivan, c'est bien mieux.

– Tu n'as pas intérêt à me rater, sinon... menace-t-elle en passant l'index droit à la base de son cou.

Ahmed :

– Venez, on va marcher un peu.

– Pour aller où ?

– Dans la Casbah.

– Tu es fou ! C'est très dangereux.

– Non, pas avec moi. Mettez le hidjab.

– L'escapade à Cherchell ne t'a pas servi de leçon ?

– Je suis connu là-bas, on ne risque rien.

Il insiste tant que je finis par céder. Je suis terrorisée. Sur le trajet, j'aperçois un Opéra miniature, charmant mais inutile.

– Ça fait des années qu'il est fermé, dit Ahmed.

Un square, le square Bresson, envahi d'étourneaux assourdissants. La place des Martyrs, couverte d'échoppes. La Ketchaoua, cathédrale devenue mosquée, en pierres orangées comme celles de Tipasa. Un palais turc juxtaposé, à l'architecture vénitienne : le palais d'Hiver.

La Casbah, enfin. Un enchevêtrement de maisons blanches qui dévalent jusqu'à la mer. Des terrasses étagées, des linges bariolés qui claquent au vent. Vieux murs, venelles, poutres en bois de cèdre. Le charme et la douceur du passé, j'ai un peu moins peur.

Des ruelles étroites escaladent les collines ; des femmes en voiles blancs marchent, muettes. Un amas de bâtisses qui se touchent presque, un dédale inextricable de rues, d'impasses et d'escaliers pour qui ne connaît pas la ville. Des moucharabiehs en bois sombre et, comme à

Essaouira, des portes ouvertes sur des faïences colorées. Nous n'arrêtons pas de grimper.

Comme à Marrakech, des boucheries aux viandes dégoulinantes, des myriades de mouches vertes et des volailles obscènes aux cuisses écartées sur des trous béants.

Si Antoine était là, il aurait photographié.

Des odeurs mélangées, appétissantes, puantes. Partout des ordures. Un petit cimetière entouré de maisons, une douzaine de tombes, deux sont côte à côte, couvertes de jasmin, à l'ombre d'un figuier, ses feuilles effleurent le marbre.

– Deux princesses turques sont enterrées là, raconte Ahmed. Elles étaient sœurs, elles s'aimaient et aimaient le même homme. Elles ne pouvaient pas vivre l'une sans l'autre, elles ne pouvaient pas vivre sans lui, alors elles se sont laissées mourir.

Dans une niche brûlent deux bougies torsadées : l'une verte, l'autre rose. Elles sont liées par la cire, siamoises ! Des colonnes sculptées encadrent de lourdes portes, souvenirs du temps où les ducats des bateaux chrétiens arraisonnés se déversaient sur la ville, du temps où la vie était plus belle...

Les femmes des corsaires enveloppées de soie, de velours brodés d'or, et non de la camisole grise que je porte, chantaient des chansons d'amour sur les terrasses ouvertes sur le large.

– Venez, Marie, ma tante habite là.

Des carreaux de Delft sur les murs du patio. Six femmes en djellaba, accroupies sur des nattes, des boudins blancs sur les genoux, frottent leurs pouces sur leurs index. Des vermicelles tombent de leurs doigts sur un linge blanc.

– Nous faisons des pâtes pour ce soir, explique la tante en m'embrassant, restez donc dîner avec nous.

– Non merci, une autre fois.
– *Incha Allah !* Une autre fois…

Un escalier étroit mène à la terrasse. Le vent du large plaque le hidjab sur mon corps, faisant saillir mes seins, mes hanches et mes cuisses, Ahmed détourne le regard. Des cubes blancs s'emmêlent, chaotiques, et s'affaissent dans la mer. Le vent se lève, la mer s'agite, de petits voiliers affolés filent à toute allure vers le port. Je guette le galion chargé de bijoux et d'esclaves qui ramène mon père.

Des milliers de paraboles blanches sont tournées vers le nord, avides de ses richesses comme l'étaient les galères barbaresques.

Je pars demain soir.

J'aurais pu aujourd'hui, mais j'ai succombé au charme de la ville. J'ouvre les volets de la chambre, il fait un temps superbe. L'Atlas et le Djurdjura sont couverts de neige.

J'ai envie de marcher seule, pour une fois. Le concierge s'inquiète :

– Vous sortez ?

– Juste quelques pas pour dégourdir mes jambes.

– Ne vous éloignez pas trop.

– Non, non, ne vous en faites pas.

Enfin libre, la première fois depuis quatre jours.

Je suis happée par la rue, par ses bruits et ses images. Une odeur de cordage mouillé, d'iode et de mazout monte du port. Le cinéma d'Antonio est toujours là.

Son nom, Le Colisée, s'inscrit sur la façade, la calligraphie est baroque, elle date des années cinquante. L'entrée est kitsch, avec des moulures aux dorures écaillées. Les vitrines sont poussiéreuses, elles contiennent les photos écornées du film de la semaine : *Madame X* avec Lana Turner.

Enfant, mon père collectionnait ces photographies, une vieille tante, ouvreuse, les lui donnait chaque semaine. Il en avait rempli deux caisses, maman les a jetées après sa mort. Trop encombrantes.

Je me souviens de soirées d'hiver sur ses genoux. Sa barbe gratte ma peau, il ouvre une boîte à chaussures Seducta estampillée mille neuf cent quelque chose :

– Tu vois, lui, c'est Gérard Philipe dans *Fanfan la Tulipe*. Elle, c'est Greta Garbo…

Je n'imaginais pas retrouver la nostalgie à Alger.

Une grande avenue : le boulevard Amirouche. Des banques à l'architecture impériale, témoins des richesses passées. Des cariatides sur les façades, des atlantes. Une jeunesse bigarrée, insouciante et, partout, la langue française. Je croise dix Elvis gominés.

Un kiosque, des journaux francophones, arabophones, peu de magazines, aucune presse étrangère, des cigarettes algériennes, quelques paquets de Craven A vendues à l'unité, des bonbons mal emballés. Un sentiment de pauvreté amplifié par l'arrogance des bâtiments officiels.

Un vieux vendeur au visage buriné, une chéchia blanche sur la tête, m'interpelle :

– Des bliblis, mademoiselle ?

– Je ne sais pas ce que c'est.

– Des pois chiches enrobés de sucre. Vous venez de France ?

J'hésite avant de répondre. Mais non, cet homme n'a rien d'un égorgeur :

– Oui, de Paris.

– Je connais bien, j'ai travaillé trente ans à Billancourt. Ça se voit que vous êtes parisienne. Vous êtes habillée comme là-bas ! Vous me rappelez mes vingt ans et toutes ces jolies filles sur les Grands Boulevards… Prenez ce paquet de bliblis, je vous l'offre.

Un arrêt de bus bondé, un autocar surchargé s'arrête. Qui pourra-t-il embarquer ? Il déborde déjà.

Des hommes et des femmes partent à l'assaut du véhicule en vociférant, quelques heureux parviennent à se frayer une place. Sur la chaussée, une jeune femme, un bébé dans les bras. Elle est découragée, elle n'y arrivera jamais !

Les murs blancs réfléchissent la lumière. J'avance, éblouie, la peau brûlée par le soleil. Depuis mon départ, d'après Sophie, il pleut sans discontinuer sur la France.

Un magasin de vaisselle. Je détaille la marchandise : des verres, des assiettes misérables en Duralex. Soudain, un bruit immense...

Il balaie la rue comme une tornade et me jette à terre.

Sur ma droite, un éclair ; une gerbe d'étincelles puis des flammes qui montent vers le toit des immeubles dans un silence écrasant. Le temps s'arrête, les passants sont figés, allongés ou debout, appuyés aux murs, hébétés. Des fragments de tôle, de goudron, de verre, de plastique fumant pleuvent, une pluie métallique et brûlante.

Mon corps tremble, incontrôlable, mon cœur cogne comme un gant de boxe sur un *punching-ball*, je suis glacée.

Des mains inspectent mon ventre, mes jambes, mes bras.

Mes mains ?

Je ne sais pas...

Une épaisse fumée noircit le ciel, au loin des sirènes hurlantes. Des cris, des pleurs, des gens qui courent en tous sens. Je me relève en pleurant :

– Papa, papa.

Allons mon bébé, c'est juste une chute, rien de cassé, même pas mal.

Je marche, autour de moi des hurlements de peur, de douleur et de colère :

– Une bombe, les salauds, ils ont posé une bombe.

– Mais non, c'était une voiture piégée.

J'avance, des blessés jonchent le trottoir. Plus j'avance, plus ils sont graves. Du sang, des morceaux de chair, une odeur de viande grillée. Des regards exorbités, des femmes presque nues, face contre terre, cuisses carbonisées, cheveux poisseux de sang. Des doigts, des pieds, des membres arrachés ; un homme gît bouche ouverte, le crâne fracassé, la cervelle répandue sur le pavé. Un long ruban rose, l'intestin déroulé d'un adolescent moribond au ventre éclaté.

Un cratère et un bus déchiqueté. La bombe a explosé là, près du commissariat central. Les voitures de police sont un magma de tôle et de pneus fumants. Un képi bleu oscille sur un lampadaire tordu, deux policiers hébétés, les mains crispées sur leur revolver inutile, tiennent en respect des cadavres.

Pompiers et ambulances envahissent la rue. La chaussée est calcinée, tapissée d'éclats de verre. À mes pieds, la jeune femme qui patientait à l'arrêt de bus est étendue, yeux grands ouverts ; dans ses bras, le bébé décapité. Quatre hommes poursuivent un islamiste en *kamis*, ils le rattrapent, le jettent à terre et le rouent de coups. Il crie, il saigne, une flaque d'urine s'étale sur le sol.

Le kiosque à journaux est renversé, des pigeons picorent tout autour, pas même incommodés. Des bliblis blancs et roses, des cigarettes éventrées jonchent le trottoir ; le vieux monsieur, telle une marionnette désarticulée, est assis sur son siège au milieu de la chaussée, sa chéchia rougie vissée sur un crâne fendu comme une tirelire.

Je cours pieds nus sur le verre et les graviers. Je ne sens pas la douleur. La fumée se dissipe, le soleil flamboie.

À cent mètres de l'hôtel, Ahmed.

Je me rue sur lui et frappe sa poitrine de mes poings en criant :

– Pourquoi, pourquoi, pourquoi ?

J'ai passé la nuit à pleurer malgré les somnifères prescrits par le médecin de l'hôtel.

Les images sont imprimées sur ma rétine, indélébiles ; comme les ombres des foudroyés d'Hiroshima sur la pierre. L'islamiste lynché, la mère crispée sur son enfant décapité, le vendeur de journaux au crâne éclaté, les carcasses fumantes, le cratère sur un macadam couvert de fragments humains, les oiseaux indifférents.

Je rejoins Ahmed à la réception. J'ai mal aux pieds.

– Emmenez-moi tout de suite à l'aéroport, je veux partir !

Il me conduit à Maison Blanche, il est taciturne et silencieux. L'aéroport est sale et vétuste. Désert.

Le moment est venu de nous séparer.

Il hésite puis saisit mes épaules, je sens ses mains trembler, il m'embrasse très vite sur le front, du bout des lèvres et s'enfuit en disant :

– Adieu, Meryem. Que Dieu te garde !

Quinze heures, l'avion d'Air Algérie entame sa descente sur Orly.

Sophie

Le médecin chef est revenu de son escapade. Larissa le taquine :

– Alors, Barbe Bleue, tu m'as fait des infidélités ? Les séances de torture, c'est bien mieux avec toi, même si l'anesthésiste remplaçante est géniale... Dis-moi, comment s'appelle ta nouvelle conquête ?

Il hausse les épaules, elle poursuit :

– Et quand l'emmènes-tu bâtir des châteaux en Espagne ?

Je rejoins mon bureau. Dans la salle d'attente, à la une d'un vieux *Monde* jauni :

Attentat à Alger près du commissariat central, des dizaines de victimes.

Mission accomplie, Marie est saine et sauve !

Elle ne veut pas m'en dire plus.

Elle a rencontré un homme, je le comprends à sa voix. Quand je parle de David, son fiancé du moment, elle répond sans chaleur :

– Tout va bien.

Elle veut retourner en Andalousie.

– Tu crois que maman me prêterait la maison ?

– Tu ne voulais plus y aller.

– J'ai changé d'avis, je veux retrouver le passé.

Des corbeaux s'envolent au-dessus des arbres, des insectes heurtent mes fenêtres. Un léger voile couvre le ciel, le soleil incendie l'ouest de rouge et de rose. Des oies sauvages traversent l'horizon de gauche à droite, elles dessinent un V dans le couchant. Ce soir, les signes sont contraires.

Face à la glace, Marie brosse ses longs cheveux noirs. Les yeux perdus dans le vide, elle rêve. Je l'interroge :

– Tu n'aimes plus David ?

Elle pose un regard étonné sur mon reflet dans le miroir et sourit :

– À vrai dire, je n'aime que toi.

– Pourquoi ces voyages dès qu'un homme s'attache à toi ? Pourquoi l'Espagne ?

Elle se tourne vers moi et chante :

Nos esprits libres et contents
Vivent en ces doux passe-temps
Et par de si chastes plaisirs
Bannissent tous autres désirs.

Car en changeant toujours de lieu
Nous empêchons si bien ce Dieu
Qu'il ne peut s'assurer des coups
Qu'il pense tirer contre nous.

Il est bien vrai qu'en nous sauvant
Il nous va toujours poursuivant,
Et nous poursuit en tant de lieux,
Qu'enfin il entre dans nos yeux.

Elle ajoute en riant :

– Ne crains rien, ma Sophie, nul n'est entré dans mes yeux !

Marie

Douze ans déjà.

J'ai loué une voiture à l'aéroport de Malaga. Je roule vers Los Monteros, étourdie par la lumière après la grisaille de Paris. Je file vers le passé, vers le bonheur d'avant. Antonio arrive demain à Séville. Il me rejoindra samedi. Les immeubles et les lotissements dévorent le paysage, la montagne n'est pas épargnée, je ne reconnais rien. Accélère, Marie, accélère. Seuls la mer et le ciel résistent encore. Les maisons, à l'architecture néo-andalouse, sont toutes semblables. Elles brillent comme des bijoux de pacotille. Partout des panneaux publicitaires : sodas glacés, écrans solaires pour peaux du nord, maisons de rêve, à peine cent mille euros ! Des retraités bedonnants en bermuda s'agitent près de *fast-foods* ruisselants de couleurs et de gras. Plus vite, Marie, plus vite. Je suis à cent soixante. La Costa del Sol, bradée aux promoteurs, exhibe ses plaies sans pudeur. Vieille chatte dépenaillée, elle toilette sa teigne sous l'éternel soleil de Méditerranée. Accélère, Marie, accélère... Cent quatre-vingt au compteur.

Los Monteros, enfin. Îlot préservé, luxuriant.

Les arbres sont plus grands, les bananiers plus touffus, les cactées plus hauts. Notre maison est tout en bas près de la mer. Je sonne, la même sonnette bitonale. Pedro m'ouvre la porte, il a vieilli, pris du ventre, perdu ses cheveux :

– *Ola*, Sophie, *que tal ?*

– *Bien, gracias pero... soy Marie.*

Il me détaille, surpris :

– *Oh, perdon.*

Le patio et le murmure de l'eau. Quand j'étais enfant, il me berçait. Du basilic pousse autour de la vasque, comme avant. J'avais oublié son parfum. Je retrouve l'adolescence et ses angoisses. Un parfum peut-il nouer la gorge ? La nuit des trois flashs, la nuit des trois photos, il submergeait tout.

Dans ma chambre, mes livres sont toujours là : *La Vouivre*, *La Jument verte*. Marcel Aymé m'enchantait. L'œuvre complète de Bataille gît sur le sol, couverte de poussière, douze livres maléfiques que personne n'ose plus toucher, inutiles. Antoine disait à maman : Bataille, curieuse lecture pour une adolescente... Ils appartenaient à papa. *Le Bleu du ciel* m'avait bouleversée, je m'étais glissée dans la peau de la belle et scandaleuse Dirty. Dirty, cette vénéneuse splendide gavée d'alcool, d'ivresse et de sexe.

Peut-être n'aurais-je pas dû...

Des peluches avachies sur une commode fixent mon lit d'un œil vitreux. Une odeur de renfermé m'incommode, elle n'appartient pas au passé. C'est une intruse, la mort qui s'insinue, insidieuse. J'ouvre les fenêtres et les volets de bois. La lumière me blesse, je suis aveugle quelques secondes, plongée dans un bain de lumière. Cette lumière est une joie, elle dissipe nostalgie et regrets. Elle efface la crasse de la vie. Mais très vite, la terrasse, les transats, la piscine m'assaillent. Leur vacuité m'aspire.

Bonjour tristesse !

Le passé revient par touches sournoises. Tout est souvenir : le canapé où Antoine, impudique, lisait son journal, la pie qui picorait les miettes du déjeuner, le citronnier surchargé de fruits piquetés de parasites noirs. Les citronnades glacées bues d'un trait pour les cristaux de sucre agrégés au fond du verre. Les objets convoquent les fantômes, un vrai ballet d'ombres : Antoine, maman, Sophie. Et même moi. Les tableaux n'ont pas bougé. Serais-je moi-même aquarelle ? Une toile sans profondeur ? Intemporelle ? Tout est baigné d'avant et d'ennui. Cette maison m'est étrangère, mon passé est mort.

Les armes du présent peuvent-elles abattre les assassins d'hier ?

Sur la plage, les dunes ont disparu, une chaîne ininterrompue de villas pseudo-hollywoodiennes barre le paysage. Le sable est pris en otage. Les bancs de mouettes ont déserté. Au loin, Marbella, ceinturée de béton cru, d'immeubles fraîchement construits. La maison du poussah a été détruite, son jardin rasé : un amas de bâtisses informes la remplace.

La Sierra Blanca brille dans un crépuscule orange amère. Les dernières lumières du jour et la brume du soir noient les grues et les blockhaus, le passé renaît un instant, magique...

Maman et Antoine s'embrassent devant moi, Sophie chante à mon oreille. Elle chantait faux mais j'aimais. Je marche avec gourmandise dans les empreintes d'Antoine sur le sable. L'illusion voluptueuse de sa peau sous la mienne, de ses pieds sous les miens.

Inès, dirigée depuis Paris par maman, a préparé une salade russe et une tortilla de pomme de terre, je dîne dans la cuisine. Sur la terrasse, trop de passé. Le bruit de la fourchette sur la porcelaine me tient compagnie.

J'avale un somnifère, me mets au lit et m'endors aussitôt...

Antonio est au-dessus de moi, vêtu d'une blouse blanche, il parle et ses paroles parviennent décalées, ralenties par l'air, un air opaque. Alors que ses lèvres ne bougent plus, je l'entends encore :

– Laisse-moi t'attacher, laisse-moi t'attacher.

J'essaie de répondre mais ma bouche est pâteuse, ma langue lourde. Un grognement informe sort de ma gorge. Il s'approche, j'essaie de me lever, je n'ai plus de force. Il attache mes pieds et mes mains.

Je suis réveillée par le hululement d'une chouette.

Le soleil à peine levé, je me précipite sur le téléphone :

– Antonio, je ne veux pas rester dans cette maison ! Je veux te voir, je veux du monde.

– Tu connais Séville ?

– Non.

– Viens passer le week-end avec moi ! Tu me montreras la maison de ta mère une autre fois.

Séville.

J'ai deux heures à perdre. Antonio arrive de Paris en fin d'après-midi. Je paresse sur le pont San Telmo. Accoudée dans le soleil, je suis du regard les rameurs ; l'eau est si légère qu'ils glissent sans effort. Des barques sillonnent le Guadalquivir, elles tracent des lignes d'écume scintillante. Sur l'une, un homme lance un ballon loin devant, rame comme un dément, encouragé par les aboiements de son chien, saisit la baudruche qui flotte sur l'eau puis la jette à nouveau. Les orangers en fleur des boulevards dégagent un parfum qui noie les rues et les ruelles. Du fleuve montent des rires, des cris d'effort. Je traverse le pont et flâne calle Bétis. Personne. Papiers et bouteilles jonchent le sol. Les jeunes s'ennuient, ils boivent toutes les nuits des alcools bon marché coupés de Coca et de limonade. Les balcons en fer forgé sont couverts de lierre, de misère vert tendre et de géraniums. Un mendiant gris sorti de nulle part m'aborde :

– Cigarette, *por favor*.

Je fais non de la tête.

Il insiste.

– *No fumar*, dis-je.

Il s'éloigne en clopinant puis s'acharne sur une canette de bière, il la heurte du pied, l'envoie à quelques mètres, la rejoint et la heurte encore. Je pense au rameur du Guadalquivir, à son ballon, aux actes sans cesse répétés qui rassurent et apaisent.

La Torre de Oro veille sur Séville ; au loin, en écho, la Giralda ocre. Au sud, par-delà Gibraltar, la Koutoubia, sa sœur, veille sur Marrakech. À l'ouest, un voile de nuages blanc mord le ciel. Je traverse à nouveau le fleuve. Non loin du pont de la Barqueta, une église : la basilique de la Macarena. J'entre, il fait sombre et glacial. Une statue de la Vierge Marie incrustée d'émeraudes, de perles et de diamants se dresse près de l'autel, kitsch et furieusement catholique. Deux femmes prient à genoux, je m'assois près d'elles, la plus âgée se tourne vers moi et, surprise, heurte du coude sa voisine. Elle se signe et chuchote :

– Regarde, regarde cette fille, on dirait la Macarena !

Intriguée, je me lève et m'approche de la sainte. Une multitude de bougies brûle à ses pieds, des bâtons d'encens dégagent un parfum âcre. Je m'approche encore, les flammes des cierges dégagent une terrible chaleur, elles jouent sur le visage grimé de la Vierge qui tremble dans la lumière, des larmes de diamant coulent sur ses joues. Trois. L'odeur d'encens me suffoque, la tête me tourne. Je suis face à son visage figé, la ressemblance est stupéfiante. Je me sens mal, je m'agenouille.

Je me réveille à terre, les deux Espagnoles sont penchées sur moi, elles se signent encore :

– Ma pauvre enfant, quelque chose ne va pas ?

– La Macarena… c'est incroyable…
– Oui, c'est incroyable comme elle te ressemble.
– Elle ressemble surtout à ma sœur, on les dirait jumelles.

Barrio de Santa Cruz.

Les remparts almohades ressemblent à ceux de Marrakech. Au-dessus des créneaux, de grands arbres plient sous le vent. La calle Pimienta court le long des fortifications. Des portes s'ouvrent sur des grilles. Derrière le fer, des patios couverts de zelliges croulent sous la verdure. Une profusion de plantes et de fleurs dans des pots de terre cuite ou de céramiques aux mille couleurs. Parfois, un jet d'eau tombe dans une vasque. Ces patios sont domestiqués, leur propreté malsaine. Ils donnent l'illusion de l'Orient. Dans les rues, ni enfants, ni cris, ni cavalcades, ni ballons en liberté.

Seules les processions de touristes heurtent le silence.

SOPHIE

La pire journée depuis des semaines, le vent du nord a soufflé sans cesse dès la fin de la nuit, mes fenêtres ruissellent de pluie. Les nuages suintent des larmes par paquets. Elles couvrent les vitres et cachent le monde. Je ne vois ni les jardins, ni la forêt, ni le ciel, ni les oiseaux. De l'eau, rien que de l'eau ; elle s'écoule, intarissable.

Elle obstrue mon seul hublot sur l'ailleurs.

Allongée sur le lit, j'entre en moi et rêve de Marrakech, des cieux magiques, de la pluie d'été sur les cheveux de Marie, de l'orage si beau qu'il me transporte encore, des éclairs qui illuminent le cœur. Je rêve de ces jours heureux où Marie tout contre moi dormait.

Je suis dans la piscine de l'hôtel Ombres et Lumières, loin du monde, les sens noyés d'azur, je vois sa silhouette marcher dans le soleil. J'entends son rire. J'entends sa voix :

– Sophie, sors de l'eau... Cours avec moi !

Des corbeaux croassent sous mes fenêtres. Presque humains, ils devisent. Peut-être parlent-ils de la pluie ?

En ces terres imbibées, le soleil existe-t-il vraiment ?

La pluie, sans arrêt la pluie.

Je me penche à la fenêtre, étrange vision d'un homme en ciré noir entouré d'oiseaux noirs. Ahmed et une meute de corbeaux. Il imite leur cri et les volatiles intrigués répondent. Je ris, clameurs effrayées, bruit d'ailes, les oiseaux s'envolent. Ahmed lève la tête, furieux. Son visage s'éclaire en me voyant :

– Bonjour, Sophie.
– Tu parles aux mouettes noires ?
– Oui, je les supplie de m'emmener à Alger.
– Elles sont d'accord ?
– Elles allaient accepter, mais elles t'ont entendue ricaner. Tout est à recommencer !
– Tu vas les attacher à une chaise ?
– Sûrement.
– Accroche-les plutôt à un tapis, mets une djellaba et crie : « Sésame, envole-toi. » Tu verras, ça marchera mieux.
Il hausse les épaules et s'en va, vexé.

Je cours le rejoindre mais il a disparu, je traverse le jardin et longe une cour cernée de hautes grilles. Assis sous un préau, un homme animé d'un mouvement incessant et pendulaire jette la tête vers le ciel, les yeux écarquillés. Plus loin une femme tricote, inlassable, un ouvrage informe et démesuré.
Actes sans cesse répétés qui rassurent et apaisent.

Marie

Assis à une terrasse de café face à la cathédrale, nous commandons un citron pressé et une bière. Les verres arrivent couverts de buée, une mousse compacte déborde du bock, je regarde fascinée les milliers de bulles qui couvrent le verre et gagnent la table comme une lave blanche et glacée. Je pense avec gourmandise au sucre qui m'attend au fond de la citronnade.

– Antonio, trouves-tu que je ressemble à la Macarena ?

Il me dévisage longtemps, étonné. Ses yeux parcourent ma peau de rapides mouvements latéraux.

– Oui, un peu, tu as quelque chose d'elle.

– Tout à l'heure, j'étais dans son église. Deux femmes m'ont demandé si j'étais sa sœur.

– Je doute qu'elles aient blasphémé dans la basilique !

– C'est pourtant la vérité… Dis-moi, Antonio, est-ce vrai qu'on ne la sort qu'une fois par an ?

– Oui, seulement pour la semaine sainte. On l'habille de neuf et des fidèles la transportent de la basilique jusqu'à la cathédrale. On change aussi la décoration du trône tous les ans.

– Ce sont des hommes en cagoule qui la transportent ?

– Non. C'en sont d'autres qui la portent sur leurs épaules, les *costaleros*. Ils se protègent avec une toile spéciale, la… zut, j'ai oublié le nom. Les hommes cagoulés, comme ceux du Ku Klux Klan, sont les Nazaréens. Ils la suivent en procession. Ils sont accompagnés de légionnaires romains en armure et casqués. Sur les casques, il y a des plumes d'autruche. Elles viennent de New York et valent très cher, au moins soixante euros la plume.

– Curieux, ce nom de Nazaréens, les Arabes d'Afrique du Nord nomment ainsi les chrétiens. Ils ont dû emprunter le terme aux Romains.

– C'est ce qu'on appelle la continuité historique.

– Leurs cagoules sont toujours blanches ?

– Non, chaque année elles changent de couleur. L'an dernier, elles étaient vertes comme les sept émeraudes posées sur la poitrine de la sainte.

– Elle passe toute l'année enfermée dans son église ?

– Oui, mais on lui rend visite.

– Comme à une prisonnière ou une malade !

– Mais non, c'est juste la tradition. En certaines occasions, on peut embrasser sa main ou son pied. Ces jours-là, il y a une queue immense devant la basilique. Les fidèles implorent son aide.

– Tu l'as déjà fait ?

– Oui, je lui ai baisé les pieds... une fois.

Je ris :

– Psychiatre, rationnel et... bigot ! Elle t'a aidé ?

– Oui.

– Dis-moi encore, sa couronne est-elle en or ?

– Or et argent. Porter une couronne est un privilège très rare, accordé uniquement par le Pape. Seules quelques Vierges obtiennent cette autorisation.

– Si je demandais cette autorisation au Saint-Siège, tu crois qu'on me la donnerait ?

– Arrête de blasphémer !

– Tu pourrais baiser mes pieds les jours de détresse et me conduire une fois l'an au pied de la Giralda avec des hommes en camisole…

SOPHIE

Il pleut sans discontinuer depuis trois jours. Un ciel si bas qu'il s'accroche aux cheminées des bâtiments, à l'ardoise des toits. La brume enserre la forêt, on devine à peine les troncs et les fourrés. Une lumière grise noie les contours et les reliefs, elle boit l'horizon.

Depuis trois jours, la bicyclette du médecin chef est adossée à un arbre, la selle trempée, les pédales maculées d'herbe et de boue. Oubliée, dans la froide humidité du jardin désert. Les gouttes coulent le long des branches du catalpa, glissent sur les rayons des roues puis rejoignent flaques et rigoles.

Bruit entêtant de l'eau sur l'eau.

Un acacia dépouillé griffe les vitres de la salle d'intervention. Au printemps, les gouttes perleront de ses feuilles. Je chasse les bulles d'air de ma seringue de curare, une goutte de poison perle au bout de l'aiguille. L'assistant du médecin chef entre en salle. Larissa, surprise, l'invective :

– Que fais-tu là ?

– Le médecin chef n'est pas rentré, alors je le remplace.

– J'en ai assez, c'est lui que je veux !

– Désolé. Il devait reprendre ce matin, mais l'avion a eu du retard.

– Je sais, hurle Larissa, il est en Espagne, il est parti retrouver une femme. Marie, elle s'appelle Marie...

Sa voix cogne les murs, heurte mes tympans et déchire ma tête. Pour la faire taire, j'injecte la première seringue qui s'offre à moi. Elle tressaute soudain, terrassée par le curare, le regard effrayé. L'angélus gémit au loin, étouffé par la pluie.

Elle se réveille, ouvre les yeux et murmure d'une voix empâtée :

– Tu m'as ratée, Sophie. Tu vas le payer !

La pluie tambourine sur le toit et les vitres, Larissa sanglote dans la lumière sale de cette fin d'après-midi morose.

– C'était pire qu'avant. J'étais paralysée, j'entendais tout, je sentais tout. Pourquoi as-tu fait ça, Sophie ? Je pensais que tu m'aimais.

Un bruit de sabots sur la terre mouillée : le portier de nuit, sur son cheval dépenaillé, rejoint la loge.

– Je te demande pardon, je me suis trompée de seringue... Comment sais-tu qu'elle s'appelle Marie ?

– J'ai surpris une conversation au téléphone, il disait qu'il était heureux de la revoir... qu'en Espagne ce serait moins mouvementé qu'à Alger. Il a raccroché en disant : « Je t'embrasse, ma petite Marie... »

Marie

Hôpital de la Charité.

Un patio, des couloirs au carrelage pâle et froid, des chambres portes ouvertes. Une vieille dame, toute de noir vêtue, sort recroquevillée sur sa canne. Je m'attarde à une fenêtre sans barreaux, un homme, maigre et mal rasé, en pyjama bleu défraîchi, tousse. Assis, près d'une table en bois, il regarde passer les visiteurs. Il me sourit :

– Je ne franchis plus la porte de ma chambre, dit-il, je n'ai plus de souffle, j'ai trop fumé quand j'étais jeune. Voir les touristes est ma seule distraction. Tous les jours, l'infirmière promet : « Si vous allez mieux demain, nous irons sur le pont san Telmo voir les rameurs et puis calle Bétis cueillir des fleurs de géranium. » Et tous les jours, je réponds : « Si vous voulez. » Mais je ne vais jamais mieux, alors je reste assis là, dans le soleil quand il fait beau et sous un parapluie quand il pleut... Profitez, jeunes gens, profitez bien de la liberté que donne la jeunesse.

Je pose ma main droite sur les siennes, croisées sur le rebord de la fenêtre. Antonio prend ma main gauche avec douceur et souffle à mon oreille :

– On peut être jeune et prisonnier malgré tout, des souvenirs, de soi, des autres. Allez, viens.

La vieille dame en noir est là, à quelques mètres, ombre charbonneuse plaquée sur la blancheur du mur. Elle plisse les yeux :

– Vous venez voir la chapelle ?

Antonio hoche la tête.

– Vous la connaissez ?

– Oui, je suis venu plusieurs fois, la *señora* jamais.

Elle me dévisage :

– Une si jolie fille, si jeune, si fraîche. Ce n'est pas un spectacle pour elle ! Les gens se pressent ici pour voir les tableaux, tous les guides en parlent. Quand ils entrent, ils ont le sourire mais, quand ils sortent, c'est autre chose... Il y a tant de merveilles à voir à Séville, pourquoi ne l'emmènes-tu pas à la Casa de Pilatos ou à l'Alcazar ? Elle a le temps, la mort est loin. Moi, je n'ai plus peur, je vis tous les jours avec elle. Ces tableaux me font rire.

Je regarde sa main posée sur la canne de bois, la peau craquelée parsemée de violettes de cimetière, l'alliance trop grande pour un annulaire décharné. J'imagine tout un passé : un mari, des enfants, des rires, des peines, la vie qui s'enfuit.

À l'entrée de l'église, deux tableaux de Valdes Leal sur la vanité du monde. Sur le premier, un squelette grimaçant foule aux pieds les attributs de la puissance terrestre. Sur l'autre, deux cadavres dans leurs habits de gloire, grouillants de cafards affamés, se décomposent. À gauche, un évêque gît dans un cercueil délabré, le visage dévoré par la pourriture, les mains crispées sur sa crosse. Un pied aux orteils rétractés comme une serre sort d'une chaussure déchirée. Près de lui, des os, des crânes, une chouette. À droite, au premier plan, un homme fraîchement mis en bière – ses vêtements sont intacts –, il semble dormir. Mais le sommeil n'est qu'une illusion, ses traits sombres sont soufflés par les gaz : la putréfaction a débuté. Au second plan, la pourriture et les insectes ont fait leur œuvre, un corps exhibe des ossements couverts de lambeaux de peau, une mèche de cheveu barre le haut du crâne, une orbite privée de ses paupières scrute, hallucinée. La bouche sans lèvres s'ouvre en un terrible rictus...

Cet amas d'horreurs me dégoûte, je me réfugie dans la cour écrasée de soleil. La vieille dame en noir accrochée à son mur blanc ricane en me voyant :

– Je vous avais prévenue, ma petite fille ! Et profitez, profitez bien, la jeunesse est une maladie qui passe vite !

Une chambre à l'hôtel Colon, l'hôtel des toréadors.

Antonio est allongé contre moi. Je parle de mon enfance, de mon père qui me racontait une histoire chaque soir. Il me prenait dans ses bras et je m'endormais au son de sa voix. Antonio m'embrasse. Je suis tendue, j'ai peur de faire l'amour. Il me caresse :

– Veux-tu que je te raconte une histoire ?

– Oui, si elle est belle.

– Tu connais celle de la Reine morte ?

– Non.

– Il était une fois un roi, Alphonse IV, roi du Portugal. Il avait un fils, Pedro. Il lui fit épouser une princesse, Constance de Castille, pour renforcer les liens entre le Portugal et l'Espagne. Mariage sans amour...

Je suis à Saint-Cloud dans les bras de papa. Il respire contre moi, je cale ma respiration sur la sienne.

– Constance avait une dame de compagnie, très belle, Inès de Castro. Pedro la croisait tous les jours dans les couloirs glacés du château de Coimbra. Son parfum l'étourdissait, ses yeux l'embrasaient, sa voix l'affolait. Une passion incontrôlable le submergea. Pour oublier Inès, il se lança dans des chasses interminables, épuisantes, dans des combats furieux, des prières forcenées, mais rien n'y faisait, quand il priait c'était pour elle, quand il tuait c'était pour elle, quand il rêvait c'était d'elle.

Antonio raconte. Mais, plus que l'histoire, c'est son corps contre le mien qui m'affole.

– Hagard, il guettait son passage, entrait dans les appartements de sa femme à tout moment et la fixait, implorant. Un jour, il la croisa, elle était seule, il se jeta à ses pieds : « Sans toi, Inès, je ne suis qu'un mort-vivant, si tu n'éprouves rien pour moi, dis-le ! Mets fin à mes tourments et je te laisserai en paix. » Elle le releva sans rien dire et l'embrassa. Inès devint la maîtresse de Pedro. Chaque nuit, il la retrouvait et ils faisaient l'amour...

Je prends Antonio dans mes bras.

– Il ne fallait pas qu'un enfant naisse de cette union, ils explorèrent tous les chemins de l'amour. Le roi Alphonse, mis au courant de leur liaison, exila Inès, loin, très loin. Pedro devint sombre et taciturne. Constance, malheureuse, dépérit. Elle mourut de langueur. Pedro retrouva Inès. Pour la première fois, leur plaisir allait être total. « Je t'aime Inès, disait Pedro, je ne te laisserai plus partir. » Des enfants naquirent, les conseillers du roi désapprouvaient cette union. Ils convainquirent le souverain de se débarrasser d'Inès. Mettant à profit une absence de Pedro, ils la firent assassiner.

Je respire avec lenteur. Il me croit endormie et se détache de moi.

– Tu dors ? demande-t-il.

– Non, non, continue.

Le récit s'accélère :

– Ivre de douleur, Pedro déclenche une guerre civile, il dresse contre son père tous ceux que sa malheureuse histoire d'amour a émus. Il brûle forteresses, villes et villages, assiège le roi dans son château. Le vieil homme implore le pardon de son fils. « La mort est mon seul pardon. Vous, mon père, je ne vous tuerai pas de mes mains. J'attendrai, mais faites vite ! » Alphonse IV meurt, mort naturelle, meurtre ou suicide ? Nul ne sait. Pedro monte sur le trône. Implacable, il jette en prison les conseillers de son père et les condamne à mort. Au petit matin, on les attache à des tables de supplice, on ligote leurs mains, leurs pieds, on dégrafe leurs chemises...

Antonio déboutonne le haut de mon pyjama.

– On ouvre leur poitrine avec un couteau...

Il passe un doigt sous mon sein gauche.

– ... et on leur arrache le cœur. Pedro fait déterrer Inès et décide de la sacrer reine. Il donne une immense fête, fait asseoir à côté de lui la dépouille richement parée : elle porte une couronne, des bijoux et un manteau pourpre. Les dignitaires du royaume défilent et baisent sa main droite puis celle d'Inès, décharnée.

Antonio prend ma main droite et l'embrasse, je la retire et me lève furieuse. Il attrape mon bras.

– Attends, attends la fin. Après les festivités, il l'enterre dans un monastère avec tous les honneurs dus à une reine et fait bâtir son tombeau face au sien pour qu'au Jugement dernier, son visage soit le premier aperçu au sortir du sépulcre...

Je m'endors et rêve du passé. Un passé reconstruit et heureux. Mes désirs d'adolescente exaucés, les rêves plus puissants que la vie. Une vie nouvelle sous les paupières. Plus vraie, plus belle. Je suis dans les bras d'Antoine, je l'aime et il m'aime. Je suis heureuse.

Maman, où est maman ?

Maman n'existe pas, elle n'a jamais existé. Je suis seule avec Antoine, comblée.

Antonio s'endort à son tour, le visage de papa se dessine sur le sien, son corps devient froid, j'ai soudain froid, je me serre contre lui. Papa sourit, ses lèvres découvrent un trou noir comme un gouffre. Il n'a plus de lèvres, juste des gencives violettes, son œil gauche s'ouvre, de l'orbite sortent des vers. Des cafards courent sur son corps. Des ongles griffent ma cuisse, des bras décharnés me serrent, je bondis hors du lit en hurlant, mais aucun son ne sort de ma bouche. Un évêque, mitre de travers, me poursuit dans d'interminables couloirs dallés de pierre. Il martèle le sol avec sa crosse. Il crie : « *Allahou Akbar, Allahou Akbar.* »

Il tend une main squelettique pour que je la baise. Je cours, une fenêtre s'ouvre sur un jardin paisible planté d'ifs et de thuyas, je suis prête à sauter : des barreaux surgissent des murs, je suis prisonnière et, à deux pas, le bruit de la crosse heurtant le carrelage...

Je me réveille, effrayée.

Une impression bizarre ; dans ma tête tout s'emmêle, l'horreur de la mort pourrissante, la tristesse d'avoir perdu Antoine, la tristesse de ce qui ne sera jamais. Le goût amer de l'impossible...

Je m'assois sur le lit. Antonio dort, paisible, enveloppé d'un drap blanc.

Sophie

Journée d'hiver douce comme un souffle. Le soleil flambe après d'interminables jours froids et pluvieux. L'ennui s'insinuait partout et infiltrait jusqu'aux sens.

Je paresse sur un banc tiède, les yeux fermés en pleine lumière, peines et angoisses entre parenthèses. Soudain des voix, Ahmed, Larissa, Athénaïs. Elles approchent, ces voix, tournent autour de moi et se posent comme des oiseaux :

– Si nous allions pique-niquer ? J'apporterai le dessert. Ma mère a fait des gâteaux... des baklavas, des cornes de gazelle...

Garder les paupières closes, ignorer le monde, s'agripper au temps pour l'empêcher de courir.

– Ma sœur a fait de la moussaka et des poivrons farcis...

Rêver de Marie, de ses mots colorés et purs comme du cristal. Espérer son retour, saine et sauve. Athénaïs s'assoit près de moi, sa tête de mannequin sous le bras :

– Je n'ai pas de famille et rien à proposer, leur dit-elle, allez sans moi.

– Tu viens avec nous, Sophie ?

Je veux rester en paix, dans l'éphémère chaleur, l'exaltation des buis et le pépiement des moineaux. Je ne réponds pas, Larissa insiste :

– Tu es devenue sourde ?

– Non, comme Athénaïs, je n'ai rien à offrir, allez sans moi.

Larissa et Ahmed, déçus, se dirigent vers le vieux mur d'enceinte effondré. Ahmed, des gants de caoutchouc aux mains, défriche et trace un chemin.

La forêt sans feuilles est pleine de ciel, sa nudité resplendit. L'eau brille sur les herbes, les fougères et les ombellifères brûlées par le gel, sur les branches des arbres lisses et fumantes. La terre embaume. Feuillue, elle s'accroche aux souliers. Des merles au bec jaune picorent. Papa disait les « béjaunes ».

La tristesse et l'angoisse reviennent : Marie me manque, j'ai peur pour elle. Je pleure. Athénaïs se penche vers moi :

– Vous ne vous sentez pas bien, ma chère Sophie ? Vous n'aimez pas cet endroit ? Vous avez tort ! Le monde n'attend pas, il avance à vive allure. Bientôt vous ne le reconnaîtrez plus. Cet asile est notre grenier d'enfance perdu, notre havre. Que ferions-nous ailleurs ? Mes parents sont morts, je n'ai ni famille ni amis, et le monde est pire qu'au temps de ma jeunesse. La télévision déverse chaque jour sur nous des images de malheurs, de crimes et de destructions. Ici, Dieu merci, rien ne change, seuls les murs s'écaillent avec le temps. J'aime cet endroit hors du temps, hors du monde. Vous l'aimerez aussi, vous verrez. Quand le médecin chef me parle de sortir, de retourner vers la vraie vie, je le scrute d'un air étrange, ronge mes ongles et lui dis avoir une furieuse envie de trancher des chairs. Alors, il double ma ration de médicaments et ne parle plus de permission. Ici, seuls les pensionnaires changent, ils mettent quelques jours d'animation puis se diluent et se teintent de gris, comme les murs...

Le vent du nord souffle, une pluie glacée nous fouette soudain. Une épaisse fumée noire venue de la maison du gardien s'abat sur nous. Nous courons vers l'asile et sa belle chaleur.

Marie

La Giralda, orpheline dans le bleu du ciel espagnol. L'air frais du matin, voile ténu, immortel. Les chevaux, ligotés à leurs calèches, s'ennuient, leur crin délavé chasse les mouches, inlassablement.

Là-bas, les arbres de l'Alcazar, verts sur les pierres couleur sable. Les déserts d'Arabie et l'opulente Andalousie mêlés.

– Tout doit mourir, Marie.

Antonio, en costume de lin blanc, sourit :

– Et sur la mort fleurit la vie. Regarde !

Il m'entraîne au pied de la tour :

– Regarde ces pierres, couvertes d'inscriptions latines. Les Arabes ont pris les socles des statues romaines d'Hispalia pour bâtir leur mosquée. Les chrétiens les ont chassés et le minaret est devenu clocher. Le voilà, vivant et beau... Marie, c'est la vie qu'il faut rendre plus belle, pas la mort.

Une procession de cagoules blanches et pointues, hérissée de cierges et de croix, gagne la cathédrale, tanguant de droite à gauche comme un troupeau de bêtes ivres.

La Macarena apparaît soudain, en pleurs dans ses ors et ses velours.

La foule en extase l'acclame...

Des vapeurs brouillent ma vue, des voix informes chuchotent à mes oreilles, je ne sais plus où je suis, je ne sais pas où je vais. Les images du monde parviennent par bribes, hachées. Des fragments de vie colorés, entrecoupés de noir. Aux joies démesurées succèdent des magmas informes.

Accélération : Antonio conduit. Les paysages défilent, champs de coquelicots palpitants bordés d'herbe, blés étalés à perte de vue, oliviers bruissant de vert gris glacé, villages aveuglants comme des linceuls en plein soleil, clochers tremblant dans la chaleur sèche. Et l'ouest, infiniment.

Jerez de la Frontera, Arcos de la Frontera.

Une frontière sans cesse repoussée au gré de la *Reconquista*.

Reconquista ou *conquista* ?

La frontière aujourd'hui, c'est la mer.

Vraiment ?

Un brouillard épais tourne autour de moi, des éclairs le dissipent parfois : San Lucar de Barrameda, l'embouchure du Guadalquivir. Le bout du fleuve et le bout des terres d'Europe sont noyés de brume. Les eaux douces se mêlent à l'Atlantique, le vert laiteux au bleu cobalt.

Des mouettes suivent les bateaux venus de Séville, de lents bateaux. Des touristes accostent et se précipitent vers les tables des guinguettes. Une odeur de poisson frit, des cris, des rires, des pleurs d'enfants.

Quand les marées libèrent le rivage, des courses caracolent sur la plage. Les chevaux chamarrés s'élancent sur le sable brillant. Galops mouillés, clameurs par milliers !

Je me souviens des fantasias d'Essaouira.

En face, l'autre rive du fleuve couverte de pins, irréelle dans les vapeurs de la mer vide : le parc de la Doñana, peuplé de lynx, de chacals, d'oiseaux migrateurs, de bêtes sauvages.

C'est là-bas que je suis.

Le Sud.

Au bout d'une route tortueuse : Baelo Claudia, cité romaine entourée de grilles. Elle dresse ses pierres grises, ses colonnes abandonnées, son théâtre et ses temples ruinés à quelques mètres d'une plage de sable blanc. Sur la droite, une dune immaculée couverte de pins parasols ; à gauche, quelques promeneurs vêtus de gris et, loin au-delà des eaux, le Maroc. Le Djebel Moussa, une des deux colonnes d'Hercule, monte la garde face à sa sœur, Gibraltar, le Djebel Tarik.

Le vent s'acharne sur les lentisques rabougris. Nous marchons au bord de l'Océan.

L'Océan, vraiment ?

Non, un lac dont les rives seraient l'Europe et l'Afrique. Deux rives si proches et pourtant si démesurément lointaines.

Étrangères.

Un incessant ballet de ferries entre Algeciras, Ceuta et Tanger strie la mer. Antonio psalmodie :

– Trois villes, trois noms, trois civilisations disparues. Al Jazira, signifie « île » en arabe, Ceuta vient du latin *septem* car elle est bâtie sur sept collines, et Tanger, Tingis, veut dire « lagune » en phénicien.

Le soleil tombe derrière la dune, teintant de rouge le sable et les arbres. Le vent souffle de plus en plus fort, il couvre presque ma voix :

– Chaque culture, impitoyable, détruit la précédente, dis-je. De la présence musulmane en Espagne, il ne reste que des mots, des noms, des monuments ou des ruines. Balayées la religion, la culture, les traditions : un Espagnol ne pouvait être que chrétien. En chassant la moitié d'elle-même, l'Andalousie reconquise s'est endormie.

– Les deux mondes ne pouvaient pas vivre ensemble. On ne peut pas être double, répond Antonio.

Je crie plus fort que le vent :

– Et pourquoi pas ?

Encore plus loin. Le sud encore.

Un bateau, un port ; l'Afrique, Tanger. L'autre rive.

L'envers du miroir, l'avers de la pièce.

Des hommes et des femmes assis face à l'Océan, regardent l'autre terre, le paradis perdu, la fabuleuse Andalousie ; ses côtes couvertes de diamants scintillants et, en feston d'horizon, ses montagnes illuminées à la nuit tombée. Ils rêvent, immobiles, des heures durant.

Sur la falaise, une grille abandonnée se dresse, absurde. Un enfant tend un bras au travers des barreaux, un bras vers l'ailleurs interdit.

Le vent se lève. Le vent d'est, le chergui, le vent qui rend fou. Des bouffées de violence balaient la côte et frangent la mer d'écume. Les gens abandonnent la place.

Les voiles blancs des femmes, gonflés par les rafales, laissent entrevoir des habits colorés et pauvres. Elles avancent tête baissée, les mains crispées sur les pans du tissu.

De vieux journaux, des sacs de plastique noir s'envolent d'excavations creusées dans le roc.

– Des tombes phéniciennes, murmure Antonio.

Nous entrons dans la ville. Le vent souffle de plus en plus fort.

Un édifice délabré environné d'immondices et d'immeubles lépreux. Un théâtre abandonné : le théâtre Cervantès construit en début de siècle par les Espagnols. Inutile, désormais, comme le théâtre romain de Baelo Claudia.

Le grand Socco puis le petit, des terrasses de café investies par les hommes. Le bruit des dominos plaqués sur le bois des tables, une odeur de menthe, de café brûlé.

La casbah grimpe sur les collines, amas cubiste gouaché de blanc. Des ruelles étroites, de sombres culs de sac, des portes qui se ferment sur des patios couverts de zelliges comme à Séville, Essaouira ou Alger. Des minarets ourlés de céramique verte et des visages inquiétants entraperçus derrière une fenêtre. Des effluves saccadées : relents fétides, jasmin, coriandre, cumin.

Des maisons presque effondrées retenues par des figuiers vigoureux, par des chats faméliques, tigrés ou écaille de tortue, adossés aux murs lézardés, par le silence.

J'ai la nostalgie d'Alger la blanche.

Une halte à l'hôtel Minzah.

Les lourdes colonnes du patio, lisses et sans âme, m'angoissent. Je n'aime pas cet endroit, mariage improbable de la modernité européenne et de la tradition arabe.

– Antonio, partons !

La voiture, circulation inextricable, comme à Alger.

Somptueuses maisons sur la vieille montagne, jardins luxuriants, partout la mer. Alger se superpose encore.

Ville double, déchirée. Un Orient si présent et des façades d'Occident. Occident convoité, rejeté. Un Orient qui se meurt, un Occident mort qui renaît, violent, dévastateur. Coexistence impossible. Pourquoi ?

Sur la route du cap Spartel, le vent sculpte les pins parasols, les mêmes qu'à Baelo Claudia.

Pause à l'hôtel Mirage, une terrasse ouverte sur l'infini, vertigineuse. L'Océan à perte de vue ondoie sous le soleil comme une moire. Une plage immense déroule son sable jusqu'à Asilah, l'ancienne ville portugaise.

– Viens, Marie.

Nous marchons contre le vent, les chevilles fouettées par le sable. Un champ de ruines romaines, des huileries.

– Mortes quand les Arabes ont conquis l'Afrique, mortes quand les liens avec les sœurs du Nord se sont brisés.

– Non, Marie. Tu te trompes, en tranchant ces liens, les Arabes ont fait renaître ce pays...

JUSQU'À LA LUMIÈRE

Dix-neuf

La secrétaire médicale au téléphone :

– Votre maman est là.

Pourquoi est-elle venue sans prévenir ? Je n'ai pas déjeuné, je reprends à treize heures trente. Cinq anesthésies à donner et les patients ne sont pas des plus simples. Avant de pouvoir coller la moindre électrode, poser la moindre perfusion, il faut parlementer vingt minutes. La femme au tricot refuse d'abandonner son bébé de laine. Elle accepte de le lâcher à la seule condition qu'on le dépose sur son ventre nu. Larissa mord dès qu'on la pique et Ahmed veut un baiser sur chaque joue pour se laisser faire. Au moment où j'approche mon visage du sien, il tourne la tête pour que mes lèvres touchent les siennes. Je suis épuisée à l'idée de ce qui m'attend.

Maman est assise dans le jardin sur un banc de pierre.

– Maman ! Que fais-tu là ?

– Tu me manquais, je voulais t'embrasser.

Décidément, elle aussi ! C'est une obsession.

– J'ai beaucoup de travail en ce moment, tu ne te rends pas compte, je n'ai même pas déjeuné. Tu aurais pu prévenir.

Maman, gênée, ouvre son sac :

– Je t'ai apporté du clafoutis aux abricots.

– C'est gentil, mais je n'ai plus le temps de manger.

– Comment vas-tu, ma petite fille ?

– Très bien... Pourquoi me regardes-tu avec ces yeux étranges ? Tout va bien, je t'assure, je me plais beaucoup ici. Le personnel est gentil et les pensionnaires très attachants. J'ai une nouvelle famille. Je réalise à quel point Bichat et Paris me stressaient. Au début, je ne voulais pas rester dormir ici, et puis, avec le temps, je découvre combien j'apprécie la nature, le silence. Je ne vais presque plus à Paris, tu sais. Tu ne me vois plus à cause de ça. Mais ne t'inquiète pas, je vais vraiment bien. Regarde comme l'automne est beau... J'aimerais tellement que Marie vienne me voir. Quand elle reviendra de voyage, dis-lui de passer. Elle me manque tant...

Nous marchons sur les berges de l'étang, les arbres se reflètent dans les eaux noires.

– Pourquoi ne dis-tu rien, maman ?

– Tu as coupé tes cheveux !

– Oui, j'en avais assez de les avoir dans les yeux, tout le temps.

– Quel dommage, ils étaient si beaux.

– Je ressemble encore plus à Marie, tu ne trouves pas ?

L'air est silencieux, les feuilles mortes craquent sous nos pas. Des larmes coulent sur les joues de maman.

– Tu pleures ?

– Ce n'est rien, ma petite fille, je me sens un peu seule en ce moment... Je voudrais te voir plus souvent.

– Je passe la semaine prochaine, promis... Pardonne-moi, il faut que j'y aille, je vais être en retard. Le médecin chef déteste ça... Au revoir, maman, à bientôt.

Elle tend le clafoutis enveloppé d'aluminium :
– Tiens, tu le mangeras ce soir.
– Non, je n'y toucherai pas...

Maman s'en va, avalée par la brume de novembre.

Soudain, cette femme seule qui s'enfonce dans le brouillard, son gâteau inutile à la main, m'émeut. Elle se tourne, ébauche un signe et s'arrête. Je voudrais courir l'embrasser...

Mais non, mes patients attendent.

DIX-HUIT

Marie a disparu, depuis quinze jours. Plus de nouvelles.

Je nourris son chat, j'arrose le ficus et le philo.

Mécaniquement.

Une caresse pour l'animal, deux verres d'eau pour les plantes et je m'en vais, très vite.

Ne pas voir ni penser, ne pas laisser s'insinuer la peur.

Je ne la reverrai jamais...

Quinze jours de vide et d'absence, d'heures égrainées sans ses mots, son rire, son écriture incertaine et enfantine.

– Je pars en week-end, avait-elle dit, énigmatique, le sourire de la Joconde aux lèvres.

La semaine s'est étirée, interminable. Un nouveau dimanche est arrivé, vide et creux, sans elle. J'ai composé cent fois son numéro de portable, cent fois sa voix rassurante, cent promesses de rappel, et puis rien. Ulysse est là, entre mes jambes, à miauler de faim et d'ennui.

– Où est-elle ? Tu le sais peut-être, toi ?

Il me regarde, étonné, les yeux ambre écarquillés.

Il m'entraîne, rasant les murs, vers la cuisine et son écuelle.

Deux jours après son départ, j'ai fait un cauchemar prémonitoire, Marie se débattait dans une mare à la nuit tombée, elle a poussé un long cri puis a disparu.

La surface de l'eau était lisse et calme, d'une sérénité implacable, comme son appartement.

Dix-sept

Une silhouette brune dans le jardin sans couleur : un homme accroupi sous la pluie, tassé par les gouttes, regarde sa main. Une mare se forme autour de lui. Des pigeons gris mouillé picorent la pelouse puis hochent la tête– l'œil rond et inquiet – intrigués par cet épouvantail vivant.

Je sors du pavillon, un parapluie jaune comme un soleil à la main. Une nuée d'oiseaux, alourdis par l'eau, s'envole paresseuse et se pose quelques mètres plus loin.

– Ahmed !

Une entaille profonde cercle son auriculaire gauche, du sang s'en échappe et, goutte à goutte, tombe dans la flaque, dessinant des volutes rouges.

– Tu t'es blessé ?

– Comme tu vois !

– Avec quoi ?

– Un canif...

– Tu as dérapé en voulant couper quelque chose.

– Non, c'est mon doigt que je voulais couper.

– Ton doigt ? Qu'est-ce qui t'a pris ?

– Je n'aime pas les chiffres impairs. Dieu nous a donné deux jambes, deux bras, deux mains, deux pieds, deux yeux et deux oreilles. Je ne comprends pas pourquoi on a cinq doigts, il a dû se tromper. Ça fait des années que je veux me débarrasser de mes petits doigts et de mes gros orteils, je me sentirai beaucoup mieux sans eux : je les déteste ! Aujourd'hui j'ai essayé, mais ça fait trop mal... J'ai besoin de toi, Sophie, il faut que tu m'aides, il faut que tu m'endormes et que tu me coupes tous ces doigts qui servent à rien.

Ses yeux noirs m'implorent, je l'aide à se relever :

– Viens avec moi à l'infirmerie, je te ferai un pansement, nous parlerons de cela plus tard.

La blessure est superficielle, il a juste entaillé la peau. Désinfection, compresses et sparadrap.

– Tu t'occupes bien de moi, dit-il en m'effleurant la joue du bout des lèvres, tu m'aideras, hein ?

– C'est à toi de m'aider, Ahmed.

– À faire quoi ?

– À retrouver Marie, ma sœur, et pour ça tu as besoin de tes dix doigts et de tes dix orteils.

– D'où elle sort, celle-là ? Tu ne m'en as jamais parlé.

– J'ai bien essayé, mais tu ne m'as jamais écoutée. C'est ma petite sœur, elle a disparu, on est sans nouvelles. D'habitude, quand elle s'absente, elle envoie des cartes postales, des lettres. Le soir, chez moi, je les lis tout haut et, comme nous avons la même voix, j'ai l'impression qu'elle est près de moi. Mais, depuis trois semaines, rien. Pas d'appels, pas de courrier. Je ne dors plus. À peine assoupie, je fais des rêves horribles : je la vois qui se noie dans l'étang derrière l'asile.

Nous sortons de l'infirmerie. La pluie frappe le parapluie jaune. Nous traversons la cour et gagnons la chapelle.

J'entre seule. Sur les murs, des anges à deux têtes. J'implore Dieu, le Christ et la Vierge : *Je vous en supplie, je veux retrouver Marie !*

Un vitrail s'allume dans le soleil fugitif : un homme prie à genoux face à une fenêtre ouverte sur la lumière de Dieu.

L'étang étale sa masse noire sous les arbres dégarnis, les feuilles pourrissantes tapissent les berges. Ici et là, des touffes d'herbe malingre plaquées par le vent, des plaques de terre nue, des glands à demi rongés. Des effluves d'eau stagnante, un air froid assombri par le ciel et les gouttes qui tombent, compactes. De temps à autre, un froufroutement d'oiseau, un crépitement de brindilles froissées brisées. Au loin, là-bas, prés de la rive, un rai de lumière irise la pluie et l'eau. Une branche flotte et sur le bois une trace blanche, livide.

– Ahmed, regarde ! Une main.

Les nuages avalent le soleil et ses rayons, et l'ombre dévore la branche.

– Tu rêves ! Y'a rien du tout.

– Mais si, je t'assure. J'ai vu une main agripper une racine.

Une barque accrochée à un ponton vermoulu tangue sous le vent.

– Viens, Ahmed, allons voir.

– Ça va pas, il est pourri ce bateau, regarde, il est plein d'eau et de feuilles.

J'inspecte l'embarcation, le bois est sain, juste un peu d'eau de pluie et quelques feuilles mortes. Les rames sont là, intactes. J'empoigne Ahmed et le force à monter.

– Eh, je sais à peine nager !

– Tu as vécu en Algérie, au bord de la mer, n'est-ce pas ?

– Oui... mais j'ai peur de l'eau.

– Allez, viens ! S'il te plaît, j'ai besoin de savoir.

– Si cette main est celle de Marie ?

– Oui.

Je l'embrasse sur le front, il sourit en s'asseyant :

– C'est la première fois que tu m'embrasses.

Je pointe les rames du doigt :

– Tu sais t'en servir ?
– Oui, on avait une barque à Baïnem.
– Eh bien, qu'est-ce que tu me racontes ?
– Tu ne vas pas comparer cette eau dégueulasse à la Méditerranée ! dit-il en plongeant les rames dans l'étang.

Des feuilles de platane s'écartent de l'esquif en un mouvement circulaire, taches rouille et or sur fond noir, et gagnent les berges. Je pense à Los Monteros, à la piscine de maman, à ces temps heureux où Marie était contre moi. La pluie fouette, le visage d'Ahmed ruisselle. Ses vêtements, trempés, collent à la peau. Submergé par la peur, mon cœur cogne. Peut-être a-t-il ramené Marie à l'asile ? Peut-être l'a-t-il noyée dans l'étang ?

J'ai pensé à voix haute. Ahmed, intrigué, m'interroge :
– De qui tu parles ?

Un gros morceau de bois heurte la coque.
– Arrête, Ahmed, c'est cette branche que j'ai vue.

La trace blanche n'est qu'un morceau d'écorce arraché. Le vent, de plus en plus violent, retourne mon parapluie et l'emporte. Des lambeaux de tissu jaune vif accrochés à l'armature métallique flottent sur l'eau noire.
– Rassurée, Sophie ?
– Non…

Le vent et la pluie s'arrêtent. Le silence. Un épais brouillard monte du sol. Nous posons pied à terre, fantômes dégoulinants et transis, Ahmed entoure mes épaules de son bras.

Je te retrouverai, Marie, je te le promets, dussé-je aller jusqu'en enfer.

SEIZE

Aéroport de Séville. Le soleil coule sur le tarmac. Un bleu du ciel impossible, les nuages exilés par-delà les plaines et les montagnes. L'air comme une étreinte. Ombres défaites par la lumière, brumes anéanties, pluies flambées. L'hiver et l'automne inconcevables. Loin, là-bas : Montereau, abstraction maléfique cernée de marais stagnants et de vapeurs vertigineuses.

Le médecin chef est là, en chemise et pantalon blanc.

– Bienvenue à Séville, Sophie.

– Antonio ! Je suis si heureuse d'être en Espagne. L'hiver de l'Aisne est interminable. La pluie, le vent, le froid me sont devenus insupportables.

– Six mois qu'il n'a pas plu ici, une sécheresse terrible. Mon jardin est un désert, on n'a plus le droit d'arroser. Vous vous rendez compte, en plein hiver !

– Vous avez bien une mare ou un étang ?

– Comment le savez-vous ?

– Une intuition.

– Je ne m'en sers pas, j'économise l'eau, il y a des poissons dans l'étang et je tiens à les garder. Si, dans quinze jours, il ne pleut toujours pas, je ferai venir un camion-citerne. Allons prendre la voiture au parking.

– Merci pour votre invitation. Je déprimais ces dernières semaines.

– Ça ne vous angoisse pas de passer trois jours à la campagne en tête-à-tête avec un psychiatre déjanté ?

– Pas du tout, vous m'aiderez à y voir plus clair.
– Peut-être...
– Où est votre maison ?
– À cent kilomètres de Séville, dans la Sierra Morena, c'est très beau, très sauvage, vous verrez.
– Votre maison est isolée ?
– Il n'y a personne à moins de dix kilomètres.

Autoroute, routes de campagne. Des champs labourés incultes, des étendues de terre craquelée. Un peu d'herbe rase, vert tendre, sur les bas-côtés. Des villages éblouissants, pleins de vie, les rues, les cafés bondés. Le Tio Pepe coule à flots. Mocedades pleure *Amor de hombre* dans des haut-parleurs. La Sierra Morena s'élève mollement, ses sommets fatigués grignotent l'horizon.

Aracena, un château médiéval domine la ville et, parmi ses ruines, un ancien minaret. Châtaigniers et chênes-lièges aux troncs saignés couvrent la montagne.

Au bout d'une piste, une maison. Les alentours sont déserts.
– Vous n'êtes pas frileuse, Sophie ?
– Si, justement.
Antonio sourit :
– Il fait quatorze degrés dans la maison, ça ira ?
– Vous voulez ma mort ? Au-dessous de vingt degrés, j'entre en hibernation. Ramenez-moi à Séville !
– J'ai fait allumer le chauffage avant-hier, vous survivrez.

La maison est belle, en pierre de taille et bois clair. Le jardin est sec, le sol fissuré, tapissé de châtaignes et de feuilles mortes. Un air piquant. Un parfum de résine et de bois brûlé, rassurant. Au fond du jardin, l'étang. Noir !

Quinze

La maison est sombre et chaude.

De petites fenêtres diffusent une lumière teintée de brun par les arbres et la terre assoiffés. Le bois des murs, des plafonds et des sols estompe l'éclat blessant du ciel de la Sierra. Un feu brûle dans la cheminée du séjour, tache vivante sur les boiseries inertes.

– Bienvenue dans mon antre ! Pas trop froid, n'est-ce pas ?

J'acquiesce d'un signe de tête.

Nous montons à l'étage, Antonio m'installe dans une chambre anonyme comme une chambre d'hôtel ou d'hôpital : un grand bureau, un petit lit, une table de nuit, une armoire sans grâce, un lavabo, un broc de porcelaine blanche et des murs nus.

– Puis-je me reposer une heure ?

– Mais bien sûr, Sophie. Tout le temps que vous voudrez.

Il ferme la porte derrière lui. J'inspecte la pièce. Sur le lavabo, une brosse, quelques cheveux, des cheveux de femme.

Je me déshabille et entre dans le lit glacé, il exhale un léger parfum, un parfum que je connais... Je ne parviens pas à m'assoupir, Marie me hante. L'odeur de sa peau sur les draps, avivée par la chaleur de mon corps, me submerge et m'exaspère : je dois savoir !

Vingt kilomètres avant Aracena, nous nous sommes arrêtés dans une petite ville : de la musique s'échappait de fenêtres grandes ouvertes. Nous sommes entrés dans la salle des fêtes, de très jeunes filles en tenues sévillanes acidulées dansaient et frappaient l'estrade de leurs souliers. Un flamenco rapide et violent montait comme un désir. Un désir de vengeance, rythmé par le fracas des talons sur le bois.

Briser, je voulais briser cet homme à mes côtés.

Il a dressé la table. Trois bougies brûlent sur un chandelier d'argent, des filaments de fumée noire s'enfuient des flammes, le feu crépite dans la cheminée, des volutes de fumée blanche s'échappent de l'âtre, nos ombres vacillent dans une lumière incertaine, les objets nimbés de fin brouillard tremblent autour de nous. Le froid de la nuit condense nos haleines sur les vitres. Des particules tourbillonnent dans l'air, vapeurs et suies effilochées exhalées par les chandelles, étincelles et brandons palpitants crachés par les bûches en fusion. La buée efface le monde du dehors. Nous sommes prisonniers, extraits du réel.

Pendant qu'il fendait le bois, j'ai inspecté armoires, tiroirs et placards, le bruit de la hache rythmait mes recherches, comme le flamenco attisait ma haine.

– Je vous sers à boire, Sophie ?

– Un porto, s'il vous plaît.

Lui a-t-il parlé comme il me parle ?

A-t-elle bu un porto ?

A-t-il effleuré sa main en la servant ?

A-t-il abusé d'elle ? Où est-elle ?

Je dois savoir !

Il est de l'autre côté de la table, souriant dans ses habits blafards. Son visage se brouille. Pourquoi est-il toujours vêtu de blanc ?

– Vous allez mieux, Sophie ?

– Oui, mais vous êtes dans le brouillard.

– La cheminée tire mal. Avez-vous toujours des cauchemars ?

– Oui.

– Voulez-vous quelque chose pour dormir ?

– Non, ça ira. Les somnifères me rendent cotonneuse. Un peu de *rioja* m'aidera.

Il sourit toujours. Distant.

Je ne l'intéresse pas : il n'a pas le sourire carnassier des tueurs. Pourquoi Marie ?

– Excusez-moi, je reviens dans cinq minutes.

Il va dans la cuisine. Le vaisselier, je n'ai pas inspecté le vaisselier. J'ouvre le tiroir de droite, des photos Polaroid floues, des silhouettes indistinctes. J'entends Marie hurler. Je bouche mes oreilles. Il revient, je m'assois précipitamment. Dans ses mains, un plat fumant, je ne distingue plus son visage.

– Vous avez une sœur, Sophie ?

– Oui.

– Quels rapports avez-vous avec elle ?

Viande, volaille ou légumes ? Il y a tellement de fumée...

– Vous n'avez pas répondu...

J'ai chaud, j'ai besoin d'air : ces vapeurs m'étouffent.

– Vous ne vous sentez pas bien ?

– Il faut que je sorte.

– Non, plus tard. Répondez-moi !

J'ai envie de crier. Je me contiens, il ne faut pas l'inquiéter.

– Nous sommes comme deux jumelles.

– Vous vivez ensemble ?

– Depuis toujours.

Je mange sans prêter attention à ce qu'il y a dans l'assiette. Je suis concentrée sur mes mâchoires. Je suis une bouche qui mastique, elle ne doit faire que ça : broyer la viande, le pain, les fruits... Surtout ne pas crier, ne pas prononcer son nom, ne pas donner d'indices. Le mettre en confiance.

Elle n'a pas parlé de moi, j'en suis sûre. Elle ne parle jamais de moi. Il ne sait pas qu'elle est ma sœur.

– Que fait-elle ?

Je mens :

– Architecte.

– Une tisane, Sophie ?

– Oui. Laissez-moi la préparer, je suis experte en infusions. J'ai vu de la menthe dans le jardin, je vais en cueillir. Mettez la bouilloire à chauffer.

– Prenez cette torche.

L'air glacé me saisit, un épais brouillard étreint les arbres, le rond de lumière pointé vers les cimes s'évase et se perd dans l'immensité du ciel. On devine l'étang, là-bas. Tout près, un tintement de clochette : des chèvres dérangées dans leur sommeil. La menthe est là, vert sombre, couverte de rosée. Entre les tiges, une photo d'identité arrachée à un document officiel. Au centre du visage, un trou de cigarette. J'entends la voix de Marie :

– Sophie, Sophie, ne me laisse pas mourir.

Moite et transie, je retrouve la maison et sa chaleur malsaine.

Antonio lit un journal sur le canapé. Sa chemise, entrouverte au bas du ventre, découvre sa peau bronzée et poilue. Et toujours ces fumées qui brouillent la vue.

– L'eau bout, dit-il sans lever la tête.

Le sifflement strident de la bouilloire est insupportable, la cuisine est envahie de vapeur, j'ai du mal à respirer. Je verse l'eau fumante sur les brins de menthe.

Deux bols dans un placard, un bleu, un vert. Le bleu sera pour lui, je sors de ma poche une ampoule de Gamma OH, le GHB, la drogue des violeurs, et la casse au-dessus de la tasse. Deux minutes s'écoulent, l'infusion est prête, je remplis le bol bleu de liquide vert. La drogue se mêle à la tisane, lentement. Je trempe mes lèvres dans le mélange, aspire quelques gouttes et recrache aussitôt. Il a un puissant goût de menthe. Parfait !

J'avance, raide, de peur de renverser la préparation, il faudrait tout recommencer. Arrivée sans encombre dans le séjour, je la dépose sur une table basse, face à lui.

– Merci ! lance-t-il, toujours plongé dans son journal.

Il boit par petites gorgées, faisant claquer la langue sur son palais.

– Délicieuse votre tisane, Sophie.

Il baille et s'étire.

– Je suis épuisé, je monte me coucher. Je rangerai tout demain matin. Bonne nuit…

Quatorze

La tête sur le côté, il dort. Je le secoue, il ne réagit pas.

Il n'a pas eu le temps de se déshabiller, j'ôte ses chaussures et ses chaussettes. Ses pieds sont beaux, bronzés, les ongles de ses orteils coupés courts et limés. Je vais dans la chambre d'amis chercher ma valise.

Un couteau, j'ai besoin d'un couteau... La cuisine...

En voici un... Pas assez effilé. Dans un tiroir, de quoi l'affûter. Grincement de l'acier sur l'acier, je passe l'index sur la lame, une fine goutte de sang apparaît... Parfait.

Il dort comme un enfant.

Face à lui, le couteau à la main, une idée folle : en finir, là, tout de suite. Je serais apaisée. Ahmed m'a expliqué comment faire, entailler le cou d'une oreille à l'autre en maintenant fermement la tête en arrière, par les cheveux, en hyperextension. Mais non, pas tout de suite. J'ai besoin de savoir.

J'extrais une longue corde de ma valise et la coupe en quatre morceaux de dimensions égales. Quatre nœuds coulants, j'arrime ses quatre membres aux quatre pieds du lit. Il est offert, bras et jambes écartées, comme Marie sur les photos.

J'ouvre sa chemise, sa poitrine se soulève doucement, je caresse son torse, je sens ses mamelons durcir sous mes doigts, ses poils sont doux et parfumés. Je les effleure de ma joue, une légère odeur de sueur, agréable.

Au travail, Sophie !

A-t-il de belles veines ? Sûrement, il est mince et sportif. Le garrot, où est le garrot ? Ah oui, dans la trousse. J'enroule le bras de sa chemise jusqu'à mi-biceps et pose le garrot. Les veines du bras enflent, je n'aurai aucun mal à piquer. Le cathéter est inséré, fixé. J'attends son réveil.

Allongée près de lui, je le regarde dormir. Il bouge la tête de temps à autre, essaie de se tourner, en vain. Ses bras, ses jambes entravés se soulèvent du matelas puis retombent, impuissants. Je m'assoupis...

Des soubresauts, il se réveille !

Il se débat, tire sur ses liens et baragouine d'une voix pâteuse :

– Mais, que se passe-t-il ? Que se passe-t-il ?

Il ouvre les yeux et me voit au pied du lit :

– Sophie, que se passe-t-il ? J'ai la tête lourde et je n'arrive pas à bouger, j'ai l'impression d'être attaché.

– Ce n'est pas une impression. Vous êtes attaché.

– Qui m'a attaché ?

– Moi.

– Pourquoi ?

– Marie a disparu.

– Qui est Marie ?

– Ma sœur.

– Je ne connais pas cette Marie.

– Vous l'avez tuée, Antonio.

– Je ne connais pas Marie et je n'ai tué personne.

– Elle vous connaît. Elle m'a parlé de vous. Mais depuis un mois, plus rien, elle ne me parle plus, elle s'est évaporée. Vous êtes la dernière personne à l'avoir vue.

– Je ne vous comprends pas.

– Je veux savoir où elle est, Antonio, et vous allez me le dire, de gré ou de force.

Une seringue, je la remplis de Célocurine.

– Regardez, Antonio, cette seringue est remplie de curare, si vous ne me dites pas où est Marie, je vous l'injecte et vous serez comme mort, prisonnier de votre corps. Les liens que vous avez autour des mains et des pieds vous paraîtront alors bien légers et votre médecine de l'âme bien inutile.

– Je ne sais pas qui est Marie.

Je sors de la valise un masque en plastique et un dispositif manuel de ventilation, je branche le masque sur la valve. Je suis prête.

– Où est Marie ? dis-je en montrant la seringue.

– Je ne sais pas qui est cette Marie.

J'injecte le curare très vite, après quelques secondes, son corps s'anime de violentes trémulations. Je ne suis pas surprise, il est très musclé.

Il crie. Son beau visage, si calme, se déforme. Ses paupières clignent, sa bouche se tord en un rictus douloureux. Il ne respire plus mais il m'entend : il est juste paralysé.

– Si je ne fais rien, dans trois minutes vous serez mort. Vous avez peur, n'est-ce pas, votre cœur bat à cent quarante. On va laisser s'écouler une minute et voir s'il résiste.

Je compte jusqu'à soixante, Antonio est couvert de sueur, le rythme de son cœur dépasse les cent cinquante, ses lèvres bleuissent. Je saisis le masque, l'applique sur son visage ruisselant et insuffle de l'air dans ses poumons. Il se recolore.

Son tonus musculaire revient : il tressaille. Ses mouvements s'affirment et se coordonnent. Il respire, j'ôte le masque. Il ouvre des yeux effarés :

– Pourquoi, Sophie ?

– Admettez, Antonio, que votre médecine est dérisoire comparée à la mienne. Où est Marie ?

Il hurle :

– Je ne sais pas qui est Marie, bon Dieu, j'ignore qui est cette Marie !

Je remplis la seringue de Nimbex, un curare d'action plus longue.

– Le curare que je vous ai injecté tout à l'heure avait une durée d'action de cinq minutes. J'en prépare un autre qui paralyse quarante minutes. Si vous vous acharnez à ne rien vouloir dire, vous endurerez plus longtemps les plaisirs du poison. Priez le ciel que je ne m'endorme pas...

Il gémit :

– Je ne sais pas qui est Marie.

J'injecte. Son visage perd toute expression, son corps toute sa force. Antonio s'abandonne, il m'appartient. Des larmes sur son visage, de la sueur ? Le cœur a repris sa course insensée, cent quarante, cent soixante, cent quatre vingt. Allons, il faut le ventiler.

– J'ai besoin de savoir où est Marie, Antonio, j'ai besoin d'elle, je dois la retrouver ! J'ai assez de curare pour m'amuser avec toi pendant trois jours, réfléchis !

Des extrasystoles. De l'air, il lui faut de l'air.

– Si je ne fais rien, Antonio, tu vas mourir. Mais ne crains rien, tu vas respirer bientôt, grâce à moi. Imagine trois jours de curare, trois jours sans sommeil pour toi et pour moi. Épuisée, je risquerais de m'assoupir à tout moment, alors qui te donnera le souffle ?

Un geste malencontreux, l'insufflateur tombe à terre et la valve respiratoire se fissure. Son cœur ralentit, sa peau prend une teinte mauve. J'essaie de ventiler, la valve ne fonctionne plus, elle fuit.

Il est bleu, son pouls est à quarante. Il va mourir...

Vite, Sophie, un bouche à bouche.

J'insuffle mon souffle à Antonio, il se recolore, son cœur s'accélère. Assise au bord du lit, ma bouche sur sa bouche, je sens sa poitrine enfler contre la mienne. Ses lèvres sont salées, sa langue douce. Je m'allonge sur lui et prends sa tête à deux mains. J'expire dans sa bouche, il expire dans la mienne. Nos deux corps ne font qu'un. Il est couvert de sueur, ma robe trempée.

Je caresse son torse et je souffle en lui.

Je caresse son ventre et il souffle en moi.

Surtout n'oublie pas de souffler, Sophie, garde ta bouche contre la sienne, bien étanche. Souffle, Sophie, souffle, n'oublie surtout pas, les lèvres bien étanches.

Une voix, la voix de Marie ?

Sophie, tu ne souffles plus, tu halètes. Attention, son cœur ralentit encore.

Et j'expire dans ce grand corps allongé, poitrine dévêtue et pieds nus. Je caresse cet homme aimé haï, je l'embrasse entre deux insufflations, j'insuffle la vie à celui qui tue ma sœur. Je me plaque contre lui et ce corps reprend vie, et ce corps reprend force, et le visage de ce corps me fixe.

– Antonio, où est Marie ?

Il exhale :

– Je ne sais pas, Sophie, je ne sais pas.

Il reprend vie.

– Tu te souviens, quand tu me torturais, Antoine ? J'étais sans défense. Mon papa était mort, tu avais le champ libre, tu en profitais, tu voulais tout, maman et moi. Maman t'aimait, mais ça ne suffisait pas, il fallait que je t'aime aussi !

Il a peur. Il pleure, les yeux fermés.

– Regarde-moi Antoine, regarde-moi te posséder, ouvre les yeux ou tu ne pourras plus jamais les rouvrir.

Je prends ses cheveux à pleines mains.

– Ouvre les yeux !

Il me regarde de ses yeux bleus et profonds, de ces yeux qui, enfant, m'ont rendue folle. Il sanglote :

– Je ne sais pas qui est Marie, je ne sais pas qui est Marie.

Et je m'enfuis pour ne plus l'entendre.

Je m'enfuis en courant dans la forêt, sur les flancs de la Sierra Morena. Le brouillard a disparu. Dans la nuit translucide, les arbres nus grimpent jusqu'au ciel, ils vont jusqu'aux d'étoiles. Sous mes chaussures, la terre et les feuilles desséchées crissent. Sur le sol des châtaignes, je manque de tomber à chaque pas. Je ne sais où aller. Aracena peut-être ?

Oui, j'irai à l'hôtel, je pourrai dormir. Demain, je prendrai le bus pour Séville. Deux bêtes se lèvent effrayées et détalent, leurs cloches tintent affolées : une chèvre et son petit.

Une chouette me fixe de ses grands yeux étonnés puis s'envole en hululant. Au loin, des chiens aboient, quelques lumières tremblent. La forêt est plus dense, les arbres plus grands, je m'enfonce dans le sol. Dans la boue ? Je bute sur des racines. Pour ne pas chuter, j'agrippe un tronc d'arbre lisse et glissant : un chêne-liège déshabillé. J'ai froid. Mes chaussures sont prisonnières de la terre, je ne peux plus avancer. Je les abandonne. Je suis pieds nus, j'ai mal aux pieds.

Cours, Sophie, cours... il détache ses liens... ils sont dans la forêt, ils te cherchent... plus vite, plus vite !

Des colombes s'échappent d'un fourré, vacarme clair sur fond noir. Je tombe dans la boue. J'avance dans un film au ralenti, mes jambes s'élèvent puis s'abaissent lentement, mes bras sont une mélodie lente calée sur un métronome indolent, les bruits s'allongent et se distordent.

Plus vite, plus vite !

Je ne peux pas, je ne peux plus, je suis fatiguée.

Le jour se lève.

Il bruine, les millions de gouttes indécises hésitent entre brume et crachin ; elles enserrent les ormes, les hêtres, les marronniers et les platanes d'un halo brillant, l'étang et la barque.

Dormir, je veux dormir. Je monte sur le bateau, détache le nœud qui l'arrime au ponton et m'allonge à même le bois. Le bateau dérive sur l'eau, au-dessus de moi les branches sans feuillage tendues comme des mains vers le ciel. Un ciel gris et sale.

Je m'endors, bercée par le roulis.

Treize

– Sophie…

Une voix d'homme, floue, lointaine.

– Sophie…

Je ne peux pas, je ne veux pas me réveiller. Garder les yeux fermés, me laisser bercer. Il fait bon. Un manteau sur ma peau ?

Ne pas ouvrir les yeux. Illusion de lumière au-delà des paupières. Elle est blanche, ce n'est pas le soleil.

– Sophie, c'est moi.

Une main prend ma main, une joue frôle ma paume, des lèvres m'effleurent. Antoine ? Le souffle d'Antoine, la chaleur d'Antoine… Au coin des yeux, des larmes.

– Sophie, c'est Ahmed.

Ahmed, dans la lumière crue d'une ampoule au plafond qui pend sur sa douille. Des murs gris et fissurés, une peinture qui s'écaille. Des flacons sur une tablette, du coton, des compresses : l'infirmerie de l'asile.

– Qu'est-ce qui t'a pris d'aller dormir sur le bateau ?

De grands yeux noirs interrogateurs. Il a la peau si blanche, les lèvres si rouges. Il serre ma main si fort.

– C'est à cause de Marie, n'est-ce pas ? Tu es retournée la chercher.

Des larmes encore.

– Je ne peux pas vivre sans elle.

Ahmed pose son index sur ma joue et fait barrage à mes larmes. Détournées de leur cours, elles coulent sur mes lèvres.

– Tu es jolie, Sophie, même quand tu pleures. Chez nous, quand quelqu'un meurt, les femmes se mettent à pleurer. Elles enlèvent leur maquillage, se griffent le visage et s'arrachent les cheveux. Elles deviennent laides, elles font peur. Toi, j'ai envie de t'embrasser.

Secouée par une violente quinte de toux, je suis contrainte de m'asseoir. Tout tourne autour de moi, Ahmed me serre dans ses bras.

Douze

Je m'étais endormie. J'ouvre les yeux : une femme dans la lumière est assise près de la fenêtre. Une infirmière ? Non, elle n'a pas de blouse. Elle ressemble à maman. Les mêmes longs cheveux noirs. C'est peut-être elle. Le même visage blanc et fin. Quand nous étions enfants, elle nous surprenait au sortir de la sieste, calme et souriante. Je n'ai pas envie de la voir, ni de revoir ce calme et ce sourire.

– Comment vas-tu, ma petite fille ?

Je lui tourne le dos.

– Marie-Sophie…

J'ai la nausée, tous ces médicaments m'écœurent. Je lui jette un regard, elle est dans un brouillard gris.

– Qui es-tu ? Pourquoi ressembles-tu à notre mère ?

– Ma chérie…

– Qu'est-ce que tu es venue faire ? Pourquoi mords-tu tes lèvres ?

– Je…

– Et pourquoi m'appelles-tu Marie-Sophie ? Il y a Marie et Sophie ! Tu veux la mort de Marie, c'est ça ?

Le décolleté d'un chemisier en dentelle laisse voir une croix en or :

– C'est nouveau, cette croix ?

Elle porte la main à son cou.

– Tu es devenue croyante, comme Antoine ?

– Je l'ai toujours été.

– Et ça t'aide ?

– Oui.
– C'est vrai, quand on est criminelle, on a besoin d'être aidée.
Elle pleure.
– Tu te souviens des siamoises d'Essaouira ? Tu les as laissées mourir, comme tu as tué papa pour le remplacer par Antoine. Et maintenant tu veux laisser mourir Marie et tu vas le laisser la tuer. Tu vas le laisser faire, comme d'habitude. Tu as passé ta vie à laisser faire, à laisser les gens mourir autour de toi, même les palmiers tu n'as pas pu les sauver. Marie voulait leur injecter du rose dans les veines pour les rendre plus beaux, mais tu l'en as empêchée. Tu as cassé la Koutoubia, tu as cassé la Giralda. Tu as rompu l'équilibre.
Je m'accroupis sur le lit :
– Quand j'étais enfant, Marie m'a tirée de la mort vers la vie, de l'ombre vers la lumière. Tu ne comprends pas que, si elle meurt, je meurs aussi. Mais je la protège, vous n'arriverez pas à la tuer, elle est toujours avec moi. Vous ne la voyez pas, vous ne l'entendez pas. Mais elle est là, tout près et, si vous voulez sa mort, il faudra me tuer aussi !
Elle pleure. Je dis d'une voix douce :
– Ma petite maman, parle-moi des gris. Cite-moi tous les gris que tu connais... vas-y, allez vas-y, s'il te plaît.
– Gris souris, gris bleu, gris tourterelle.
– Et puis.
– Gris perle, gris anthracite.
– C'est tout ?
– Je n'en connais pas d'autres.
– Vraiment ? Il y en a pourtant un que tu oublies, maman : c'est le gris neuroleptique !

Onze

Maman quitte l'infirmerie en pleurs. Elle a rendez-vous avec le médecin chef. J'en suis sûre. Son bureau a deux portes, une grande sur le couloir principal et une petite sur un couloir parallèle où personne ne passe jamais. Blottie derrière la petite porte, je colle mon oreille sur le bois glacé. Des moutons duveteux, poussés par un courant d'air froid, glissent sur le parquet.

Antonio parle à maman :

– Assieds-toi...

Embarrassé, il s'interrompt, je l'imagine baisser la tête et gribouiller quelques mots sur une ordonnance à en-tête. Il éclaircit sa voix :

– Marie-Sophie m'inquiète.

Il toussote et reprend de l'assurance :

– Elle a fugué en pleine nuit, on l'a retrouvée allongée dans une barque au milieu de l'étang, derrière l'hôpital. Elle était trempée, hypotherme et inconsciente. Je crains une pneumonie, nous l'avons traitée. Antibiotiques, vitamines... Elle va plutôt mieux, tu pourras la voir, elle est à l'infirmerie.

– J'en viens.

– Elle t'a reçue comment ?

– Mal... elle est délirante, agressive. Je ne l'ai jamais vue ainsi. Je l'ai trouvée très dégradée.

– Elle semblait s'améliorer sous neuroleptiques.

– Le gris neuroleptique ! laisse échapper maman.

Antonio Gimenez est surpris :

– Pardon ?

– Non, non, rien... je parlais seule, répond maman, c'est de famille, tu sais bien.

– Elle délirait moins, reprend Antonio d'une voix doucereuse, ses hallucinations auditives avaient disparu. Et puis, brutalement, elle m'a accusé d'avoir tué Marie... Je ne me souviens plus bien, quand a-t-elle construit ce personnage ?

Maman garde le silence quelques minutes. Pourquoi la questionne-t-il sur ce qu'il sait par cœur ? Il veut gagner du temps, c'est évident, l'endormir. Elle entre dans son jeu, comme toujours :

– Après la mort d'Étienne, elle parlait seule. Quand je la questionnais, elle répondait : « Je suis avec Marie. » Elle passait des heures dans la salle de bains à dialoguer avec son reflet. Au début, je pensais qu'elle jouait, je n'y prêtais pas attention. Quand j'étais enfant, je parlais seule, moi aussi. Un jour, son institutrice m'a convoquée : ses résultats étaient catastrophiques, elle dormait en classe. Elle parlait toute la nuit à Marie. Toutes les nuits. Elle était obsédée par les cadavres, elle voulait les rendre plus beaux. Je l'ai confiée à un pédopsychiatre. Avec la psychothérapie, ça s'est arrangé. Et puis, nous avons passé deux mois et demi au Maroc, toutes les deux. Elle a adoré ce pays. Elle y a appris la tolérance, le respect de l'autre... Elle a découvert une humanité qui n'existe plus chez nous. À notre retour en France, elle était transformée. Elle a rechuté quand elle a appris la mort de deux sœurs siamoises rencontrées à Essaouira. Nouvelle psychothérapie, lent retour à la normale. Elle a replongé quand nous nous sommes rencontrés, toi et moi. L'épisode des photos en Espagne m'a contrainte à l'éloigner.

Tu connais la suite… En pension, tout est peu à peu rentré dans l'ordre, du moins je le suppose… elle était devenue très secrète. Je me suis inquiétée de nouveau quand elle a voulu faire des études de thanatopraxie. Heureusement, tu l'as orientée vers la médecine.

Je compte les moutons qui se pressent autour de moi pour endormir ma peine.

– Je me souviens, dis-je aux petites bêtes de poussière, il me regardait, il me touchait, il passait l'index sur mes cheveux lâchés. Son parfum, sueur et bergamote mêlées, m'affolait. Il murmurait : « Nous serions tellement plus proches si nous faisions le même métier… » Il parlait, sa bouche contre la mienne, et je buvais son souffle.

Il enrobe maman de paroles comme il m'a enrobée :

– Nos rapports s'étaient améliorés, nous parlions souvent de l'Algérie, de l'Andalousie, des jours heureux à Los Monteros.

– Quand elle a choisi de se spécialiser en réanimation, cela m'a préoccupée, poursuit ma mère, j'ai compris qu'elle voulait renouer avec la mort, la côtoyer à nouveau…

– À peine arrivée à Montereau, elle a voulu visiter la salle d'intervention. Nos conditions de travail l'ont révoltée. Elle m'a donné quelques conseils que j'ai suivis.

– Je me demande si j'ai bien fait de te la confier, s'interroge soudain maman.

– Pourquoi dis-tu cela ? Elle est bien ici. En dehors de nous, nul ne sait qu'elle est là. Quand elle ira mieux, elle pourra reprendre une vie normale et, surtout, son métier. Tu sembles oublier qu'un médecin atteint de maladie mentale ne peut plus exercer.

– Ce serait dommage, c'est une excellente anesthésiste. Son patron m'a affirmé qu'elle était son meilleur élément... Cette mort tragique l'a anéantie.

– Tu veux parler de ta belle-mère ?

– Mais non, de ce patient décédé de choc allergique après une injection de curare. Elle n'a pas pu le réanimer... Le lendemain, elle s'est enfermée chez elle « avec Marie » et n'a plus voulu sortir, ni voir personne, alors on l'a emmenée ici... Pourquoi feins-tu de ne pas te souvenir ? Pourquoi évoques-tu la mère d'Étienne ?

– Pour rien...

– Mais si, tu as une idée en tête.

– Tu te demandais si tu avais bien fait de me la confier.

– Oui, j'aurais dû la garder près de moi... Je n'ai jamais saisi la nature de vos relations.

– On ne pouvait pas traiter Marie-Sophie ailleurs qu'à l'hôpital. Elle est dangereuse, pour elle et pour les autres.

– Tu divagues...

– J'ai parlé des heures avec elle ces dernières semaines et elle s'est beaucoup confiée.

– Quel genre de confidences ?

– Tu veux vraiment savoir ?

– Bien sûr !

– Elle a assassiné ta belle-mère... Le soir où je rentrai de Berlin, tu lui avais demandé de passer voir sa grand-mère... Elle avait une migraine terrible. La vieille dame l'énervait, elle lui a injecté de la morphine et administré du Valium...

Maman l'interrompt :

– Tu fabules, elle est incapable de faire du mal. La mère d'Étienne était insuffisante respiratoire au stade terminal. Sa mort était naturelle.

– Vraiment ? Mon dernier entretien avec Marie-Sophie s'est très mal passé, elle demandait sans cesse où était Marie, pourquoi elle ne l'entendait plus et pourquoi je l'avais fait disparaître. Pour ne pas entrer dans son délire, je ne répondais rien. Alors, elle a sorti de sa poche une seringue qu'elle prétendait remplie de curare. Elle a menacé de me l'injecter. Quand j'ai dit que je ne connaissais pas cette Marie, elle m'a traité de menteur, puis s'est jetée sur moi. J'ai à peine eu le temps de sortir par cette porte dérobée.

– Elle avait déjà été agressive avec toi ?

– Non, jamais.

La voix de maman devient perfide :

– C'est vrai, elle était amoureuse. Je me souviens de ses regards... et des tiens...

– Que veux-tu insinuer ?

– Je me demande qui a pris ces photos, à Los Monteros... c'était plus facile d'accuser une adolescente psychiquement perturbée et surtout... moins dérangeant !

– Tu m'accuses encore ?

– Ça n'a plus d'importance, c'est si loin... Que vas-tu faire ?

Antoine bredouille :

– Augmenter les doses de neuroleptiques.

– Est-ce bien raisonnable ?

– On ne peut pas la laisser délirer.

– Et pourquoi pas ? À moins que tu y trouves un intérêt : sa dépendance, son silence, ta sécurité...

– Tu te trompes, seule Marie a été réduite au silence. Il ne faut surtout pas qu'elle réapparaisse !

Accroupie, je caresse les moutons qui courent sur le parquet.

Salaud !

Dix

Revenue dans la chambre, je fouille mon sac.

Au fond, le vieux portefeuille de cuir rouge offert par papa et, plié en quatre, un papier froissé jauni. Quelques vers notés à la hâte, il y a bien longtemps dans la basilique Saint-Denis. Près d'une statue de femme agenouillée, il y avait ce poème gravé sur la pierre :

Cette brillante fleur de l'arbre des Valois,
En qui mourut le nom de tant de puissants rois,
Marguerite, pour qui tant de lauriers fleurirent
A vu fleurs et lauriers sur sa tête sécher,
Et par un coup fatal les lys s'en détacher.
Las ! Le cercle royal dont l'avait couronnée
En tumulte et sans ordre un trop prompt hyménée
Rompu du même coup devant ses pieds tombant,
La laissa comme un tronc dégradé par les vents
Épouse sans époux et reine sans royaume,
Vaine ombre du passé, grand et noble fantôme
Elle traîna depuis le reste de son sort
Et vit jusqu'à son nom mourir avant sa mort.

Sœur sans ma sœur, vaine ombre du passé dégradée par les vents, je traîne comme un fantôme le reste de mon sort, et vois jusqu'à son nom mourir avant ma mort.

NEUF

Mes jours, interminables et vides.

Je n'ai plus goût à rien, je ne sais qu'errer dans des couloirs.

Marie ne parle pas, elle ne parle plus jamais. Dans la cour, je tourne sans cesse dans le brouillard comme un âne autour d'un puits, comme cette femme qui tricote sans fin et cet homme qui jette sa tête en l'air cent fois par jour.

Quand vient la nuit, j'escalade des grilles et crie à la forêt, à l'étang :

– Marie, Marie !

Mais Marie ne répond pas, elle ne répond plus jamais, seuls la femme au tricot et l'homme désarticulé me répondent en chœur :

– Marie, Marie !

Alors, je rentre dîner, seule dans la lumière jaune et blafarde du réfectoire.

Seule et mutilée.

HUIT

Ma chère maman,

Dimanche 29 octobre ou 28, je ne sais pas.

13h26, l'heure d'hiver a été réglée par Denise, l'infirmière.

C'est ridicule, pourquoi parle-t-on d'heure d'hiver ? Nous sommes en automne ! L'automne est si pénible pour moi. Est-ce pour me ménager que les autorités nomment l'heure d'automne heure d'hiver ? Tu te souviens de ce terrible automne ? Si doux, si lumineux. Il soulignait si bien notre malheur.

Tu as sûrement oublié.

Neufchelles, grand-mère que je voulais morte à la place de papa, la terre qui avale mon père et tous ces arbres.

Après le départ de Denise, j'ai bien réfléchi.

Les voix n'existaient pas cet été, ni cette extrême sensibilité aux bruits, les repas auraient été insupportables, comme ils le sont aujourd'hui. J'évite le réfectoire au maximum, j'ai maigri. Ahmed me trouve très belle : un petit air de Garbo avant qu'elle ne s'éclipse. Je ne savais pas qu'en Algérie on regarde encore ses films. Quand j'ai dit ça, Ahmed s'est vexé.

J'ai arrêté les neuroleptiques. Leurs notices incitent à la prudence, il y a tant d'interactions, d'incompatibilités.

Je continue la Monoclamine, j'espère ne plus vivre dans le gris, ce gris neuroleptique insupportable. Il a transformé ma vie en une interminable saison chien et loup, mélange d'automne et d'hiver, en ce qu'ils ont de pire.

J'envie Marie qui vit dans la lumière, elle m'envoie des cartes postales pleines de soleil. Il y a mon adresse, rien d'autre. Je reconnais son écriture.

Nous vivons sur les rives opposées d'une mer immense, moi au nord, dans les brumes et l'eau, elle au sud dans un perpétuel après-midi d'été. Séparées par la mer. La mère ?

La Méditerranée était la mère, elle unissait tous ses enfants. Qui a rompu les liens ?

Cette croix, maman, qu'ostensiblement tu portes, est un ciseau. Elle a coupé Marie.

Les dieux antiques m'auraient comprise.

Une mer peut-elle briser ses filles ?

Une mère peut-elle être barrière ?

Koutoubia et Giralda, étrangères, si proches, si loin.

Cloches et muezzins ont la même voix, ne trouves-tu pas ?

Ils parlent des mêmes choses.

Marie et Sophie sont bien sœurs, n'est-ce pas ?

Quand tu dis Marie-Sophie, maman, tu assassines Marie, tu tues Sophie.

Tu nous détruits.

Le psychiatre est en vacances.

Avec toi peut-être ?

Avec Marie ?

Il m'a donné rendez-vous le 6 novembre, lendemain de ton retour d'Espagne, à 14h32.

Depuis 13h26, heure du changement d'heure, j'ai avalé quelques biscuits avec un peu d'eau et de Tranxène. Je pense prendre de la Monoclamine pour arrêter de pleurer.

Pourquoi Marie n'appelle-t-elle plus ?

Je laisse en évidence le paquet de biscuits entamé, fermé par un vieil élastique. Denise m'a reproché de ne plus rien manger et menacé d'en référer au médecin chef à son retour.

J'ai peur des neuroleptiques en intramusculaire. Ils font si mal. Après l'injection, j'ai des difficultés à marcher durant plusieurs jours.

Je prendrai deux autres biscuits à 16h12, avec la Monoclamine.

15h36, je t'embrasse.

Repose en paix.

Sophie

PS : Antoine nage-t-il toujours le crawl dans la piscine ?

S'il te plaît, demande à Marie de me donner de ses nouvelles et cesse de nous appeler Marie-Sophie !!!

Sept

Antonio Gimenez est rentré de vacances.

Il feuillette une revue de psychiatrie et parcourt les articles sans les lire, son esprit est ailleurs… Toutes ces recettes de cuisine, formules obscures et savantes, tissées de mots incantatoires, il les connaît par cœur.

Autrefois, il croyait en leur pouvoir, au pouvoir de sa voix, de l'intonation et du charme. À la magie salvatrice de la parole. Il était jeune et beau, son timbre grave et profond, ses yeux sombres et brillants. Il écoutait longtemps puis parlait ; alors les névrosées, les hystériques succombaient. Ses consultations étaient prises d'assaut.

Les psychotiques lui donnaient plus de mal. Souvent, avec les neuroleptiques, il parvenait à établir le contact ; alors, il pouvait jouer. Il remontait sur scène et retrouvait son rôle. Quand c'était impossible, il passait la main puis oubliait.

De la fenêtre de son bureau, il entend la pluie inlassable. Des allées monte un parfum centenaire de buis coupés. Combien de générations de psychiatres assis à ce même bureau ? Tristes et las au crépuscule.

Une odeur de terre mouillée.

Il était si bien à Paris dans son cabinet feutré du septième arrondissement, les femmes étaient belles et parfumées, fragiles et soumises, dépressives et mondaines. Ici, il n'y a que Larissa, Athénaïs, la femme au tricot, Ahmed *et cætera*.

Pourquoi avoir quitté le paradis pour ce pays de brouillard et d'eau ?

Pour l'amour de sa femme et pour l'amour de Marie-Sophie.

Peut-on aimer deux femmes à la fois ?

Oui ! Sans hésiter, oui.

Il n'a jamais cessé d'aimer Françoise, mais il a désiré Marie-Sophie dès le premier jour. Un désir absolu, attisé par l'adolescente fragile au regard étrange. Il sait maintenant, ce regard était celui de la folie, pas le regard de l'amour. Il se souvient des nuits torrides de Los Monteros ; la porte de sa chambre ouverte, elle le narguait, lascive et nue dans la lumière d'une bougie. Après l'épisode des photos, ils ne s'étaient pas revus de longues années durant : Françoise avait compris, elle avait éloigné sa fille.

Et puis elle était revenue femme et belle, diabolique : les yeux incandescents, la voix... sa voix à lui, celle dont il use pour convaincre et séduire.

Plus rien n'exista plus.

Ses comportements étranges ? Gommés par la passion.

Ses propos incohérents ? Des artifices pour subjuguer.

Sa violence ? Réponse à la sienne. Il ne voulait pas voir, il ne voulait rien voir. Il était dévoré. Il ne vivait que par elle, drogué.

Il décida de s'arracher, d'accepter ce poste de médecin chef à l'hôpital psychiatrique de Montereau. Il était épuisé, étouffé, il voulait respirer.

Sorti du champ de vision de Marie-Sophie, il sortit de sa vie. Il n'existait plus pour elle. L'avait-elle aimé un jour ? L'aimait-elle ? Il était incapable de répondre. Il avait des nouvelles par Françoise, Marie-Sophie vivait sereine.

Jusqu'à l'accident et sa venue ici.

Des bribes de parfum s'insinuent par la fenêtre entrebâillée, Antonio se lève : Marie-Sophie trempée déambule dans le jardin, noire et saccadée, enserrant sa poitrine. Elle s'approche du mur d'enceinte et crie :

– Marie, Marie !

Et, comme Marie ne répond pas, elle baisse la tête et frappe un caillou du pied.

Antonio est découragé, il se sent impuissant et vieux. Il est noué par la tristesse. Il a ressenti le même désespoir quand il a retrouvé Alger après trente ans d'absence. Il a tout essayé : l'amour et les nuits d'amour, la violence, les électrochocs et enfin les neuroleptiques. Mais rien n'y a fait, rien n'a pu convaincre Marie et Sophie qu'elles sont une et indivises.

Rien n'a pu sortir Marie-Sophie de son délire. Marie omniprésente, jusque dans les bras d'Antonio. L'horrible sensation d'affronter un automate monomaniaque et glacé... Il est désespéré de la voir souffrir parce qu'il l'aime, il désespère de ne pouvoir l'aider. Il sait désormais que l'amour est inutile.

Il sait que Marie-Sophie est morte, qu'elle n'est plus qu'une machine errant dans les allées.

Il faut brûler l'icône avant qu'elle ne se dégrade irrémédiablement, avant qu'elle ne se consume.

Six

Ce matin, à la radio : *Il n'y a pas d'amour heureux*, la chanson est entrée dans ma tête et je la fredonne inlassablement face à la fenêtre. Des gouttes de pluie coulent sur le reflet de mes joues.

J'ai coupé mes cheveux comme Jeanne d'Arc, ils n'ont jamais été si courts...

– *Et quand il croit serrer son bonheur il le broie, sa vie est un étrange et douloureux divorce...*

Je suis encore jolie...

– *Mon bel amour, mon cher amour, ma déchirure...*

Antoine, m'aimes-tu encore ?

Il est derrière moi, je ne l'ai pas entendu entrer. Sur la vitre ruisselante, son visage près du mien...

– *Rien n'est jamais acquis à l'homme ni sa force, ni sa faiblesse, ni son cœur...*

– Tu chantes ? dit-il.

– *Dites ces mots ma vie et retenez vos larmes : il n'y a pas d'amour heureux...* Antoine, m'aimes-tu encore ?

Sa bouche ment :

– Bien sûr.

– Tu veux Marie, lui dis-je, mais je la porte en moi comme un oiseau blessé... Tu veux maman, tu nous veux toutes les trois. Marie te résiste, elle a tout compris, tu as peur d'elle, peur qu'elle ne raconte ce qu'elle sait. Elle t'a vu prendre les photos à Los Monteros, elle t'a protégé, mais c'est fini... Marie sait ce que tu me fais, Marie sait que tu me drogues, que tu m'attaches et que tu me violes.

Tu as essayé de la faire disparaître, mais tu n'as pas pu. Elle va te dénoncer, je vais tout dire à maman, à la police... embrasse-moi si tu m'aimes... non, ne me touche pas. C'est ligotée que tu me veux, n'est-ce pas, jambes écartées, soumise. Oubliée, la tendresse... *Que pleurent dans la nuit nos cœurs à l'unisson...* Pourquoi ne restes-tu pas sur la vitre ? Fixé sous verre avec moi pour l'éternité. Toute cette pluie pour décor, on dit vert d'eau, moi je préfère gris d'eau comme le ciel et tes cheveux... ils sont doux, j'ai failli mourir pour eux... *Le temps d'apprendre à vivre, il est déjà trop tard...* Va-t'en, va-t'en !

– Tu veux retrouver ta sœur ? demande-t-il.

Nos regards se croisent, il poursuit :

– Tu sais mieux que moi ce qu'il faut faire.

Cinq

Ahmed me rend visite, un bouquet d'hellébores blanches et roses à la main. L'infirmerie est surchauffée. Il ouvre la fenêtre, l'air froid chasse les odeurs de désinfectant, de Javel et de grésil. Un parfum de buis fraîchement taillé envahit la pièce. Le chien du concierge aboie, la cloche de la chapelle tinte. La pluie tombe serrée, le vent souffle sur mon visage brûlant de fièvre, le ciel cotonneux s'écrase sur les collines. La vie dévide son écheveau, indifférente.

– Tu dois m'aider, Ahmed.

– Comment ?

– Il faut que tu récupères la clé de la salle d'intervention.

– Pourquoi ?

– J'ai rendez-vous demain soir avec Marie à minuit moins le quart... Je t'en prie, ne pose pas de questions, je t'expliquerai le moment venu. Aide-moi, s'il te plaît, je ferai tout ce que tu veux.

– Quoi, par exemple ?

– Je te débarrasserai de tous ces doigts que tu détestes.

– Non, j'ai compris qu'il me fallait tous mes doigts.

– Pourquoi ?

Il sourit, un rayon de soleil éclaire son profil de dieu grec.

– Pour te serrer et t'embrasser, répond-il en rougissant.

Il s'approche de moi. Je recule, en posant mon index sur ses lèvres :

– Si tu me donnes cette clé, ce sera ta récompense.

– Tu l'auras !

Quatre

Le brouillard tombe sur Montereau. Comme une malédiction.

Il dévore la forêt, bosquet après bosquet, hésite un temps puis mord les grilles, efface le mur d'enceinte, envahit le parc. Il danse sur les pelouses, deux pas en avant, un en arrière.

Inexorable, il ceinture bâtisses et dépendances, estompe le jour finissant et condamne fenêtres et cheminées. Il asphyxie ma vue : j'ouvre grand les volets. Compact, il envahit la pièce. Des volutes éthérées cernent ma lampe de chevet. Des millions de gouttelettes en suspension défilent devant l'ampoule. Minuscules tesselles d'un kaléidoscope terne et gris, elles dessinent des visages ondulants et éphémères. Les vapeurs de plus en plus denses charrient une froide odeur d'eau, de résine et de feuilles.

Les visages prennent forme : voila grand-mère ! Allongée sur mon lit, elle regarde le plafond. Ses mains longues et fines grattent les draps. Antoine surgit du néant, en blouse blanche, au moins trois jours qu'il ne s'est pas rasé, il sourit. À moi ?

Non, c'est à maman qu'il sourit, elle a remplacé grand-mère sur le lit, elle tend les bras, mais il tourne la tête.

Près de la porte, une jeune femme : jeu de brume voilé de brume, je ne distingue pas ses traits. C'est elle qu'il regarde, il murmure : « Marie… »

Brusquement, la porte s'ouvre ; les fragiles silhouettes s'effondrent en poussière d'eau.

Larissa, tonitruante :

– Mais tu es folle ! Tu vas encore attraper la mort, ferme vite cette fenêtre.

Trois

Antonio Gimenez quitte son bureau tous les jours à midi et n'y revient qu'à quatorze heures. Aujourd'hui, entorse à la règle, il a une heure d'avance.

– Ahmed ! Que fais-tu dans mon bureau ?

Ahmed, écarlate, bredouille :

– Je venais chercher un livre.

– Tiens donc, tu lis maintenant.

– Ce n'est pas pour moi.

– C'est pour ta chérie ?

Il fait oui de la tête.

– Lequel veux-tu ? *Introduction à la psychanalyse*, *Psychoses et névroses*, *Le Livre du ça* ?

– Non, *Les Malheurs de Sophie*.

Antoine s'esclaffe :

– Et tu veux me faire croire ça ! Allons, dis-moi la vérité. Qu'est-ce qu'elle veut ? Son dossier ? Inutile de le chercher ici, il est ailleurs, en sécurité...

– Non, ce n'est pas ça.

– Alors quoi ?

– Je ne peux pas vous dire, c'est un secret entre elle et moi.

– Tu l'aimes tant que ça ?

– Oui...

– Elle t'a promis une récompense si tu lui rapportes quelque chose de mon bureau, n'est-ce pas ?

– Oui, elle va m'embrasser.

– Alors, je vais t'aider.

Le visage d'Ahmed s'éclaire, Antoine poursuit :

– Sophie est malheureuse en ce moment, je n'ai plus le contact avec elle. Si tu m'en disais plus, on pourrait l'aider. Je suis très inquiet pour elle, elle a failli mourir la semaine dernière. Si tu l'aimes vraiment, tu dois me dire la vérité.

Ahmed hésite encore, Antoine prend sa main :

– S'il te plaît, parle.

– Marie lui manque.

– Qui est Marie ?

– Sa petite sœur, elle a disparu.

– Et Sophie, comme tu l'appelles, pense qu'elle est dans mon bureau ?

– Mais non, elle veut la clé de la salle d'intervention et tout le monde sait que vous la cachez ici.

– Que veut-elle en faire ?

– Elle veut retrouver sa sœur.

– Elle ne t'en a pas dit plus.

– Non, je crois qu'elles se sont donné rendez-vous là-bas.

– Quand ?

– Ce soir, à minuit moins le quart.

Antoine jette un regard furtif à sa montre en acier brossé, ouvre une armoire, en sort deux clés, une grande et une petite, et les tend à Ahmed :

– Tiens, elle aura besoin des deux. Surtout ne les perds pas, ce sont les clés des songes... Et je les veux demain sur mon bureau à sept heures. Promis ?

– Promis !

Deux

Il fait beau, les gouttières des bâtiments luisent dans le soleil. Des traînées de vapeur exhalées par les avions strient le bleu du ciel. Les buis, les lauriers, les sapins couverts des pluies des jours passés étincellent d'un vert profond. Les façades ambrées, imbibées d'eau, grêlées d'impacts de balles d'une guerre oubliée brillent, vernies par les intempéries. L'air est léger.

Des moineaux picorent un quignon en pépiant, un feu brûle dans la maisonnette du concierge, des volutes de fumée plaquées par le vent d'ouest s'échappent de la cheminée. Belle journée pour s'évader. Le médecin chef a doublé les doses de neuroleptiques :

– Tu te sentiras mieux, a-t-il affirmé.

Je n'ai rien répondu.

Les infirmières ont pour consigne de surveiller les prises de médicaments, elles attendent patiemment puis s'en vont le dernier comprimé avalé. Je dissimule les miens sous la langue pour les cracher dans le lavabo. Elles n'osent pas me faire ouvrir la bouche, elles pensent qu'un médecin se conforme aux prescriptions d'un autre médecin : je suis une femme de l'art, je sais ce qui est bon pour moi !

Justement, je ne veux plus des curares de l'âme.

Je me sens mieux ce matin, je n'ai plus la démarche ébrieuse et saccadée des neuroleptiques et le brouillard cotonneux et gris qui m'entourait s'est évanoui. L'air est invisible, enfin !

Marie n'est pas loin, je ne la vois ni ne l'entends, mais elle rôde autour de moi, prête à rompre le silence.

Ahmed frappe à ma porte, triomphant. Il brandit la clé de la salle d'intervention et une autre plus petite.

– Ça y est, j'ai pu me débrouiller, ça n'a pas été facile. Je dois les remettre à leur place demain matin, de très bonne heure.

Il est parfumé, rasé de près. Il a sculpté de gel ses cheveux noirs et porte des habits neufs. Il est beau, touchant. Ses yeux mangent mes lèvres.

Je l'embrasse sur la joue :

– Retrouvons-nous ce soir, après l'extinction des feux.

Un

Dix heures, les luminaires s'éteignent. Une lumière lunaire baigne les couloirs et les murs, les bruits s'estompent, les pensionnaires, comme ces perruches encagées sur lesquelles on jette un drap blanc, se taisent et déposent leur tête accablée sous l'oreiller de plume. Ne pas entendre le silence, ne pas entendre grésiller le vide. Ne rien entendre de la nuit, oublier la solitude grise.

Mes pieds glissent sur le sol, je ne veux pas attirer l'attention. Solange, l'infirmière de nuit, tricote. Elle tricote toutes les nuits. Sans relâche, comme la femme du bloc numéro quatre, comme si leur vie dépendait de ces pelotes atones, de cet alignement de mailles, de ces rangées de laine effilochées. Seule la forme de l'ouvrage diffère. À l'inverse de Paulette, Solange tricote utile. Absorbée par un pull Jacquard marron beige, elle ne me voit pas passer.

Une lampe torche à la main, j'emprunte l'escalier pour rejoindre la salle d'intervention au troisième étage. Ahmed est devant la porte, il m'attend. J'ai tiré mes cheveux, coloré de rouge mes lèvres, d'ocre mon visage, noirci mes cils et surligné mes yeux. Quelques gouttes du parfum de Marie, sur les lèvres, le cou, les poignets.

– Tu es belle, Sophie.

– Où sont les clés, Ahmed ?

Il les sort de sa poche, elles tintent. Je tends la main pour m'en saisir.

– Et ta promesse ?

J'ai promis, c'est vrai, mais je n'éprouve rien. L'an dernier, j'aurais pu, Marie m'aurait poussée. Il est face à moi, frémissant, tendu. Transparent.

– Donne-moi ces clés, je t'embrasserai quand j'aurai revu Marie.

– Non, maintenant !

Il m'enlace, tient le bas de son corps à distance de mon corps, baise mon cou, des baisers pudiques et légers. Baise mes joues, ses lèvres s'entrouvrent. Il a les yeux fermés, moi pas. Son visage enfantin s'enivre de ma peau. Il approche sa bouche de ma bouche.

Marie, le parfum de Marie sur ses lèvres... J'embrasse ces lèvres. J'embrasse Marie. Je me dégage :

– Les clés !

Il les tend.

– Je peux venir avec toi ?

– Non, reste dehors et monte la garde, si quelqu'un veut entrer, retiens-le par tous les moyens, je ne dois pas être dérangée, ce serait dangereux.

– Qu'est-ce que tu vas faire ?

– Je te raconterai plus tard.

– Non, tout de suite, sinon je ne te laisse pas entrer.

Il bloque l'accès de la porte.

– Je vais retrouver Marie, on a rendez-vous toutes les deux. Vite, laisse-moi passer, je vais être en retard.

– Tu me la présenteras ?

– Bien sûr.

Je l'embrasse sur la bouche, il cède le passage.

– Je pourrai t'embrasser encore ?

– Oui, à l'infini.

Je ferme la porte, tourne la grande clé dans la serrure et m'enferme. Avec la petite, j'ouvre l'armoire à toxiques. La Kétamine est dans le tiroir du bas, j'en prépare une pleine seringue. J'ai du mal à placer le garrot sur mon bras gauche, je n'arrive pas à nouer le nœud. Mes mouvements sont gauches et désordonnés. Pourtant l'effet des neuroleptiques s'est estompé. Si j'essayais avec les dents ?

Les veines se remplissent, celles du pli du coude sont de grandes avenues. La céphalique ou la basilique ? Va pour la veine céphalique, la drogue montera plus vite au cerveau. Je prends un cathéter rose, il fera moins mal qu'un gris. Surtout ne pas trembler, ne pas abîmer la veine. Je retire le mandrin, une goutte de sang perle et tombe à terre. Je visse le capuchon et fixe le cathéter.

Ahmed, derrière la porte :

– Elle est là, Sophie ? Tu la vois ?

– Pas encore, tais-toi !

J'enlève mes chaussures et m'allonge sur la table d'opération. Cent ou cent cinquante milligrammes ? Cent, je ne dois pas dormir. La Kétamine, c'est le LSD puissance mille. Je pousse lentement sur le piston de la seringue, le liquide froid monte le long de mon bras. J'aurais dû éteindre le scialytique, cette boule aveuglante au-dessus de moi va me donner des cauchemars. Je m'assois, tends le bras et, d'un doigt, l'éloigne de mon champ de vision.

Je suis bien.

L'air est liquide, il estompe la lumière, amortit les sons et les mouvements. Mon corps flotte, j'essaie de l'allonger, il entame une descente lente et fluide vers la table.

Une voix lointaine :

– Tu la vois, Sophie, tu la vois ?

Cinq lettres dans ma tête. Petites, de toutes petites lettres : M, a, r, i, e. Elles enflent et m'entourent de chaleur. Marie, Marie, Marie, ma tête crie « Marie », des étoiles dansent autour des lettres. Mon esprit et mon corps sont en symbiose, cimentés par ce prénom qui se multiplie à l'infini dans une infinie jouissance.

Mes yeux s'ouvrent.

Je suis une princesse dans un palais de verre.

Le plafond s'estompe, une arche translucide le remplace. Je vois la nuit, je sens la fraîcheur de la nuit. D'immenses enclumes blanches, poussées par le vent, traversent le ciel. Un chat marche avec précaution sur le cristal : le chat de Marie, gris dans le gris de la nuit, le gris Ulysse. Ses yeux ambre m'absorbent. Les nuages se déchirent, une pluie d'étoiles filantes strie le ciel, je fais mille vœux. Marie, Marie, Marie toujours. Ulysse gratte le verre en miaulant, il veut entrer... Une souris court sur mon bras. Il tente de s'en saisir.

– Tu la vois, Sophie, tu la vois ?

Comme elle est loin, cette voix...

Là-bas, derrière l'horizon, une tache brillante. Elle approche, chaude sur ma peau. Un vent de lumière se lève, il charrie une chaleur qui m'apaise. Du fond du ciel, du bout de ma mémoire, une silhouette familière. Un oiseau, ailes déployées, tourne au-dessus du palais de verre, un aigle à deux têtes aux regards si doux qu'ils éloignent la peur. Deux têtes d'enfants aux yeux noirs et pénétrants :

– Bonjou, Boujou…

Nadia et Naciba, mes petites sœurs siamoises ! Elles éclatent d'un rire bleu, bleu des volets d'Essaouira, et se posent près de moi.

– Vous n'êtes pas mortes ?

– Mais non, ils voulaient nous séparer, alors on s'est sauvées. De la chambre d'hôpital, on a couru vers le ciel et nous voilà, soudées pour l'éternité.

Pleurez mes yeux et fondez-vous en eau. Elle coule, l'eau du cœur, elle coule sur mes joues. Quand ai-je pleuré pour la dernière fois ? Il y a longtemps, si longtemps.

Maudite raison glacée qui ferme les portes des yeux et du corps. Pleurez mes yeux, pleurez au bonheur de les revoir, au bonheur de te revoir bientôt.

Marie…

Ma sœur !

Des cigognes, ailes blanche et noire déployées, partent vers le sud, vers Marrakech et les flèches des minarets. Deux minarets dans le bleu du ciel : la Giralda et la Koutoubia. Une corde, tendue entre les deux, porte d'immenses balles de laine colorées : des rouges, des bleues, des vertes, des jaunes. Elles sèchent dans le soleil, tourbillonnent dans le vent et se mélangent en un labyrinthe inextricable.

Au bout du labyrinthe, la palmeraie. L'air inerte et doux, palmiers, fleurs, oliviers et fleurs. Les roses de la Koutoubia, les fleurs des orangers de Séville, des pétales ivoire et rouges sombrent dans le Guadalquivir, tourbillonnent dans les eaux déchirées par les avirons des rameurs et gagnent l'Atlantique.

Le muezzin pousse un cri lent et lancinant :

– *Allahou*, tu la vois, *Allahou*, tu la vois ?

Je flotte sur le Guadalquivir, passe les ponts de Séville, les villages blancs d'Andalousie. Le flamenco fait battre mon cœur.

San Lucar !

Je vole au-dessus du parc de Doñana : des lynx gris aux yeux luisants guettent leurs proies, des flamants roses s'élèvent dans le couchant, une multitude de mouettes impriment de blanc le rouge horizon. Des chevaux sauvages galopent sur les plages, enivrés d'armes et de poudre. Des rameurs aux muscles ensoleillés remontent le fleuve, ils chantent des romances exaltées. Leurs voix chaudes coulent entre les arbres, montent jusqu'aux cimes et me poussent jusqu'à la mer. Je traverse l'Atlantique, les pétales rouges et blancs flottent entre les vagues.

Au loin, des vapeurs : voilà l'Afrique, ses maisons blanchies de chaux sortent de terre et de mer. Des ruelles étroites serpentent, parfumées de jasmins, d'orangers et d'épices. Une casbah, Tanger, Alger ? Une rue sans issue. Un cube. Une fenêtre peinte sur le cube. À la fenêtre, un homme sourit ; il est rose, ses cils, ses sourcils sont très noirs comme passés au charbon, ses cheveux sont gris noir. Il caresse Ulysse.

La fenêtre s'efface, l'homme s'assoit sur le mur. Il porte un habit noir, sa cravate de cristal rubis étincelle sur une chemise immaculée, ses jambes pendent dans le vide, ses pieds sont chaussés de pantoufles.

– Papa !

– Tu la vois, Sophie, tu la vois ?

– Non, papa, elle a disparu. Aide-moi, aide-moi !

Papa prend ma main, sa main est glacée. La cravate brûle sur sa poitrine. Elle réchauffe comme un cœur de

Jésus. Il m'entraîne dans un long tunnel noir. Ulysse nous suit en miaulant, lui aussi cherche Marie, il se frotte à mes mollets. Au bout du tunnel, une lueur : le scialytique de la salle d'opération.

Un corps allongé deux mètres plus bas, un corps endormi...

– Marie ?

– Non, c'est toi, Sophie, c'est toi.

Papa pointe un doigt vers la fenêtre.

– Regarde !

Une lumière blanche et aveuglante vibre derrière les vitres.

– Regarde, elle est là... Tu la vois, Sophie, tu la vois ?

Une ombre au sommet d'un araucaria tend ses doigts vers moi. Elle est vêtue de brocard vert, ses habits ruissellent de perles et d'émeraudes, un voile de tulle brodé d'or couvre ses épaules, son immense couronne étoilée scintille dans la nuit constellée d'étoiles filantes. Au sommet de la coiffe, une croix sertie de gemmes iridescentes. Son visage, incrusté de larmes de diamant, sourit...

La Macarena... Marie... ma sœur !

– Tu la vois, Sophie, tu la vois ?

– Oui, je la vois, elle est là. Je la vois.

– Ouvre, Sophie. Ouvre la porte ! Je veux la voir aussi.

J'ouvre la fenêtre, papa m'aide à monter sur le rebord, à son poignet gauche, une montre d'acier brossé.

Un feu d'artifice illumine les ténèbres. Marie ouvre les bras en croix, Ulysse court vers elle, des papillons blancs tournent dans la nuit.

Papa, torchère rouge incandescente, montre le chemin :

– Va, Sophie, va.

À sa montre gris argent, minuit moins le quart, je marche vers Marie, Marie comme *Lucy in the Sky with Diamonds.*

L'horizon flambe, un souffle vertical effleure ma peau.

J'entre dans la lumière…

Cet ouvrage a été composé par IGS-CP
à L'Isle-d'Espagnac (16)

Achevé d'imprimer en juin 2013
par Normandie Roto Impression s.a.s. à Lonrai
N° d'imprimeur : 132491
Imprimé en France